잃어버린 낙원

잃어버린 낙원

세스 노터봄 | 유정화 옮김

muʃintree
뮤진트리

이 소설 속 등장인물이 실제 인물과
어떤 유사성이 있더라도 그건 순전히 우연이다.
누군가 나서서 등장인물이
자기 혹은 다른 누군가가 틀림없다고 주장한다고 해도,
소설 속 가공인물은 리얼리티를 잃기 쉽다는 점을 유념해야 할 것이다.
물론 '엔젤 프로젝트Angel Project'는
2000년 서부 오스트레일리아 퍼스에서 실제로 열렸던 행사이다.
그렇지만 소설 속 이야기가 전개되는 해가
엔젤 프로젝트가 열린 바로 그해라고는 말할 수 없다.

안체 엘러만 랜쇼프에게 바친다

파울 클레가 그린 **새로운 천사**라는 그림이 있다. 그림 속 천사는 마치 자기가 응시하고 있는 무언가로부터 금방이라도 멀어지려는 것처럼 보인다. 천사는 눈을 크게 뜨고 있고, 입은 벌어져 있으며 날개는 펼쳐져 있다. 분명 역사 속의 천사도 이렇게 보일 것이다. 천사의 얼굴은 과거를 향해 있다. 그 과거 속에서 천사는 일련의 사건들을 인식하고, 사상 유래 없는 파멸, 끝없이 쌓여가는 파괴의 잔해들이 자기 발밑에 내동댕이쳐지는 광경을 목격한다. 천사는 그대로 머물고 싶다. 죽은 자들을 일깨워 으스러진 참혹한 잔해들을 온전하게 되돌려놓고 싶다. 그러나 천국에서 태풍이 불어오고 있다. 바람이 날개 위로 맹렬한 기세로 덤벼들어서 천사는 더이상 그 바람을 막아낼 수가 없다. 태풍은 저항할 수 없도록 천사가 등지고 있던 미래 속으로 그를 밀어붙인다. 그러는 동안 천사 앞에 쌓인 파편 더미는 하늘 위로 점점 높이 쌓여만 간다. 우리가 진보라고 부르는 것은 바로 이 태풍이다.

– 발터 벤야민, 《역사의 개념에 관하여》 –

"**나**라는 대명사가 더 낫다. 좀 더 직접적이므로."
-《뉴 웹스터 영어 백과사전》(1952), "작가" 항목의 '비서를 위한 가이드'에서 -

대쉬DASH 8 - 300. 그동안 내가 갖가지 기종의 비행기를 두루 타고 다녔다는 걸 누가 알랴. 그래도 '대쉬'라는 비행기에 오른 것은 이번이 처음이다. 작고 아담한 소형 여객기지만 승객이 거의 없어서 꽤 넓게 느껴진다. 내 옆 좌석은 비었다. 사람들은 프리드리샤펜에서 베를린의 템펠호프로 가는 노선에 관심이 별로 없는 게 틀림없다. 같이 탑승하게 될 쓸쓸한 승객 몇몇이 장식이라고는 없는 밋밋한 터미널을 벗어나 여객기 쪽으로 걸어왔다. 여기서는 아직도 이렇게 하니까. 그리고 지금은 이륙할 때를 기다리는 중이다.

햇살이 빛나고 바람은 사납게 분다. 어느 틈엔가 맨 앞에 자리를 잡은 기장이 조종대 손잡이를 만지작거린다. 부조종사가 관제탑 쪽에 뭐라고 말하는 소리가 들린다. 이렇듯 멍한 순간은 비행을 많이 해본 사람이면 누구나 익숙하다.

비행기 엔진은 아직 켜놓지 않은 상태이다. 벌써 책을 읽는 사람이 있는가 하면, 물끄러미 창밖을 내다보는 사람도 있다. 딱히 볼거리가 있는 것도 아니다. 나는 기내지를 꺼내 들었지만 책장을 몇 번 뒤적이다가 만다. 기내지에는 늘 보는 항공사 광고와 베를린, 빈, 취리히 등 이 작은 항공사가 운항하는 몇 안 되는 도시에 대한 정보가 조금 실렸고, 그 뒤에는 자유기고 기사가 두 꼭지 있다. 기사 하나는 오스트레일리아와 그곳 선주민에 관한 것인데, 암각화와 화려하게 채색된 돛배, 최신 유행 경향을 다루었고, 또 다른 기사는 상파울루에 관한 내용이다. 지평선을 따라 고층건물들이 즐비하게 늘어섰고 부자들이 사는 고급 주택들이 보인다. 물론 이에 못지않게 그림 같은 초라한 판자촌, 도시 빈민가 혹은 **파벨라**, 아님 뭐라고 불러도 상관없을 남루한 동네도 보인다. 물결 모양의 함석지붕들, 금방이라도 허물어질 것만 같은 판잣집들, 거기에 사는 걸 **좋아하는** 듯 보이는 사람들. 내가 이미 다 보았던 것들이다. 이런 사진들은 너무 오래 들여다보지 않는 편이 낫다. 그러지 않으면 내가 정말로 백 살은 된 것 같은 기분에 젖어들고 말 테니까. 어쩌면 나는 **정말** 백 살인지도 모른다. 그저 진짜 나이에 마법의 숫자를 곱하기만 하면 되는 거다. 지금껏 떠났던 모든 여행을 아우르고 그 여행이 불러일으키는 데자뷰라는 비현실적인 느낌까지 셈에 넣는 비밀 공식. 그렇게 셈을 해보면 자신이 어느새 노망드는 나이에 접어들었음을 깨닫게 되리라. 보통은 이런 생각들 때문에 곤혹스러워지는 적은 없다. 이런 생각들이 곱씹어 떠올릴 만큼 가치가 없기 때문이라면 좋으련만 간밤에 린다우(독일 바이에른 주 남쪽 도시)에서 오프슬러(독일의 전통주)를 석 잔이나 더 마시고 말았다. 내 나이에 그렇게 독한 술은 심한 타격이다. 승무원이 바깥쪽을 내다보고 있다. 분명 누군가를 기다리고 있는 것이다. 그 누군가가 문 안으로 들어오는데, 알고 보니 옆자리에 앉았으면 하고 바랄 만한, 그런 타입의 여자이다. 내가 **그렇게** 늙지는 않은 게 분명하다. 그러나 행운은 나를 따라주지 않는다. 그녀의 자리는 내 앞줄, 비행기의 왼편 창가 쪽으로 정해져 있었으므로. 차라리, 이런 편이 더 낫다.

이제 내가 원하는 만큼 여자를 실컷 바라볼 수 있으니까.

카키색 바지를 입은 그녀의 다리는 길다. 카키색 바지의 대담한 속성이 그녀의 여성스러움을 한결 더해준다. 그녀가 크고 튼실한 손을 책 쪽으로 뻗는다. 책은 진홍빛 포장지에 스카치테이프로 정성스레 포장되어 있다. 그녀의 큼직한 손이 조바심을 낸다. 스카치테이프가 쉽게 떨어지지 않자, 그녀는 포장지를 찢어서 열어젖힌다. 어느새 나는 엿보는 취미를 즐기는 관음증 환자가 되어 있다. 여행을 하면서 얻는 큰 기쁨 중 하나는 누군가 자신을 쳐다본다는 걸 모르는 사람을 쳐다보는 일이다. 그녀가 어찌나 다급하게 책을 펼치는지 미처 책의 제목을 볼 틈이 없다.

나는 항상 사람들이 무얼 읽고 있는지 궁금하다. 물론 이 경우 '사람들'이란 주로 '여성들'을 뜻한다. 이제 남성들은 책을 읽지 않게 되었으니까. 내가 알게 된 바, 여성들은 열차 안에서든 공원 벤치나 바닷가에서든 책의 제목을 도저히 알아볼 수 없는 자세로 책을 들고 있다. 한번 직접 확인해보라. 그러면 내 말이 무슨 뜻인지 알게 될 테니.

그런 여성들에게 무슨 책을 읽고 있느냐고 물어볼 용기를 내기란 쉽지 않다. 궁금해서 미칠 지경이 되어도 차마 묻지 못한다. 여자가 펴든 책의 속표지에는 누군가가 쓴 긴 헌사가 있다. 그녀는 재빨리 헌사를 훑어본 뒤 비어 있는 옆자리에 책을 내려놓고 창밖을 응시한다. 비행기 엔진의 회전 속도가 점점 빨라진다. 그 때문에 작은 비행기가 흔들거린다. 착 달라붙는 티셔츠 아래로 살며시 흔들리는 그녀의 젖가슴을 바라보는 게 짜릿하다. 그녀의 왼쪽 무릎이 살짝 들려 있다. 조명이 갈색 머리카락 위로 부서지면서 황금색 빛을 발한다. 책은 엎어놓은 상태라서 여전히 책 제목을 알아볼 길이 없다. 얇은 책이다. 나는 얇은 책이 좋다. 칼비노(이탈리아의 소설가)에 따르면 책이란 모름지기 얇아야 한다. 대부분의 경우 칼비노는 자신의 이 신조를 충실히 따랐다. 비행기가 활주로를 전속력으로 내달리기 시작한다. 몸집이 작은 비행기를 타면, 특히 이륙하는 동안에 이런 육감적인 순간이 늘 온다. 상승 온난기류를 만난 비행기가 보통 때보다 몸체를 더 들어 올릴 때 마치 애무를 받는 것처럼 느껴지는 순간이. 어린 시절 그네를 탈 때 느꼈던 것과 비슷한 기분이다.

　언덕은 아직도 눈으로 덮여 있다. 그 때문에 풍경이 제법 그림 같은 분위기를 자아낸다. 하얀 도화지 위에 선명하게 새겨진 헐벗은 나무들. 때로 어떤 생각을 전하려 할 때 필요한 것은 그게 전부다. 여자는 풍경을 오래도록 바라보지는 않는다. 책을 들고 헌사를 다시 또 읽는다. 처음에 그랬듯 조바심을 내면서. 나는 저 선물에 어떤 사연이 있을까 상상해 본다. 결국 그게 내 일이다. 그러나 그다지 진전이 없다. 한 사내가 어떤 일을 바로잡아보려고 한 것일까? 책을 건넬 때에는 조심할 필요가 있다. 누군가에게 엉뚱한 책이나 엉뚱한 작가의 책을 주게 되면 노여움을 사거나 면목을 잃기 십상이니까.

여자는 책장을 훌훌 넘기다가 간간이 멈추고 특정 페이지를 한참 동안 들여다본다. 얇은 책 치고는 많은 장으로 나뉘어 있는 게 분명하다. 장마다 새로운 시작을 의미하므로 장을 나누는 데는 그럴듯한 이유가 꼭 있어야 한다. 책의 처음과 끝을 서투르게 엮는 작가는 기본을 모르는 것이다. 장 구분도 마찬가지다. 그러니까 저 책의 저자가 누구인지는 몰라도 상당한 위험을 무릅쓴 것이다. 여자는 다시금 책을 내려놓는다. 이번에는 속표지가 오른쪽 위로 향하게 두었다. 하지만 머리 위에서 부서지는 눈부신 빛 때문에 글자를 식별할 수 없다. 제대로 보자면 자리에서 일어나야 하리라.

'순항고도.' 나는 언제나 저 표현이 너무나 맘에 든다. 스키를 타는 사람들을 볼 수 있으리란 기대가 생긴다. 눈부시게 아름다운 슬로프를 덮은 구름 위를 날고 있으니까. 그것은 아무리 바라봐도 질리지 않는다. 이런 고도에 오르면 세상은 다만 빈 도화지일 뿐이다. 그 도화지를 내키는 대로 채워가면 그만이다. 그러나 그녀는 창밖을 바라보지 않는다. 어느새 기내지를 집어 들었고 결국에는 읽어 내려가기 시작했다. 상파울루를 서둘러 달려가더니 드넓고 푸르른 공원에서 서성대다가 오스트레일리아 선주민의 그림들을 뚫어져라 쳐다본다. 간간이 잡지를 얼굴 가까이까지 들어 올려 본다. 긴 손가락으로 선주민 그림 속의 기이하게 생긴 뱀을 더듬어보기까지 한다. 그러고는 잡지를 덮고 금세 잠에 빠져든다. 저렇게 할 수 있는 이들이 있다. 비행기를 타고도 평화롭게 잠들 수 있는 이들이. 그녀의 한 손은 책 위에 놓여 있고 다른 손은 목덜미, 붉은 기가 도는 머리카락 뒤에 받쳐져 있다. 사람들에게서 드러나는 수수께끼는 평생 동안 내 마음을 사로잡아왔다. 여기에도 사연이 있음을 나는 안다. 그 사연이 무언지 영영 알아내지 못하리라는 것도 안다. 이 책은 덮혀진 채로 남겨둘 것이다. 저 자리에 놓인 저 책처럼. 템펠호프 공항에 다다라 착륙 준비를 할 때쯤, 지금으로부터 한 시간쯤 지날 무렵이면 나는 공동묘지 천사들을 찍은 사진첩에 실을 서론을 4분의 1쯤 썼을 것이다. 아래로는 베를린의 이름 모를 고층 건물들이 있고, 지금도 이 도시를 꿰뚫고 흐르는 거대한 역사의 균열이 그 건물들과 나란히 자리할 것이다. 여자는 머리를 빗고는 책 포장지를 집어 든다. 그런데, 책을 다시 싸기 전에 무릎 위에 진홍빛 포장지를 올려놓고 주름을 편다. 왜 저 광경이 이토록 감동을 주는지 모르겠다. 잠시 후 여자가 일순 책을 높이 들어 올려서 드디어 그 책의 제목 두 글자를 읽을 수 있다.

바로 이 책이다. 나와 더불어 이 책에서 벗어나 여자는 이제 막 사라지려고 한다. 수화물 찾는 곳에서 짐을 기다리는 동안 나는 비상구를 잰걸음으로 지나쳐 가는 그녀를, 거기서 그녀를 기다리는 남자를 본다. 여자는 남자와 무심하게 키스한다. 책을 뒤적일 때처럼 무심하게. 여자가 실제로 읽은 유일한 부분은 내가 읽지 않았고 쓰지도 않은, 손으로 적은 헌사 부분이었으므로.

짐들이 이내 도착한다. 내가 위층에 다다르자, 여자는 그 남자와 같이 택시에 올라 이내 시야에서 빠르게 사라져간다. 나를 떠난다, 늘 그렇듯이, 몇 마디 말만 남겨둔 채로. 그리고 도시, 내 주변을 덫처럼 결박하는 도시를 남겨둔 채로.

1부

… 그리고 다른 쪽 언덕에서는
천사들이 찬란한 대열을 이루고 있는 자리로
지품천사 케루빔이 내려왔네.
땅 위로 미끄러지는 유성같이,
늪 위의 강물에서 피어오른 밤안개가
집으로 돌아가는 노동자들의 발꿈치에 빠르게 모여들듯이.
그들 앞에 높이 치켜든 하나님의 칼이 번뜩이네,
혜성처럼 강렬하게, 불타는 열기를 뿜어내네,
바싹 마른 리비아 사막의 대기처럼 수증기가
저 온화한 기후를 태우기 시작하네.
한편 갈 길을 재촉하는 천사는 양손으로
머뭇대는 우리의 어버이를 붙잡고 동쪽 문으로
곧장 이끌고 가네, 그리고 벼랑 아래 들판에
재빨리 내려놓고는 사라져가네.

— 밀턴, 《실낙원》, 제12편

어느 더운 여름밤에 아무개가 자르뎅에 있는 집을 나섰다. 무겁게 내려앉은 후텁지근한 대기 중에 능소화와 목련꽃 향기가 흐드러진 밤이었다. 자르뎅 지구는 부자들이 사는 지역이다. 이 부자들을 모시는 요리사, 정원사 같은 사람들은 일터를 오가기 위해 하루에 두 차례씩 먼 길, 두 시간 혹은 그보다 더 오랜 시간이 걸리는 길을 나서야 한다. 상파울루는 대도시다. 비가 오는 날에는 버스가 평소보다 훨씬 더 느리게 달린다.

집을 나선 아무개는 어머니의 세컨드 카를 빌려 타고 비요크(영화 〈어둠 속의 댄서〉로 알려진 아이슬란드의 싱어 송 라이터)의 음악을 틀고서 드라이브에 나섰다. 열대지방에서 대서사시처럼 펼쳐지는 비탄 어린 비요크의 애가를 듣는 게 어울리지 않는 듯했지만 볼륨을 한껏 높였다. 아무개는 노래를 따라 불렀다. 그 목소리는 날카롭고 신경질적이었다. 특별히 누구랄 것도 없는 대상을 향해 분노를 쏟아냈고, 특별히 무어라 근거를 따질 수 없는 슬픔을 토해냈다.

아무개는 마르기날 쪽으로 차를 몰았다. 티에테 강변을 따라 모룸비('기쁨의 도시')에 즐비한 벼락부자 동네의 저택들을 지나고 나서는 자신이 어디로 가고 있는지, 무얼 하고 있는지 아무 생각도 없이 무작정 금지된 구역으로 들어갔다. 파라이소폴리스('낙원의 도시')로, 상파울루에서 가장 열악한 빈민가여서 파라다이스라기보다는 차라리 지옥인 곳, 위험이 넘실대는 곳으로. 하지만 그 순간에는 그리로 끌리는 마음을 제어할 수가 없었다. 운전을 하고 있는 것은 아무개가 아니라 그녀가 탄 자동차, 그 차와 그 음악이었다. 그런데 잠시 후 돌연 자동차 시동이 꺼져버렸고, 남겨진 것은 두려움과 비요크의 높은 노래 소리뿐이었다. 울부짖듯 절규하는 그녀의 노래가 판잣집들 쪽으로, 냄새들 쪽으로,

물결치는 함석지붕 위에 걸린 달빛 쪽으로, 싸구려 텔레비전에서 흘러나오는 소음 쪽으로, 그 소음에 반응하는 고함 소리와 범벅이 된 자극적인 웃음소리 쪽으로 울려 퍼졌다. 자극적인 웃음소리는 점점 더 가까워지는가 싶더니 마침내 아무개 주변을 원처럼 빙 둘러쌌고 그녀가 가도록 놔주지 않았다. 그 다음에는 모든 게 순식간에 일어났다. 너무나 순식간에 벌어진 일이라서 그녀는 겁에 질리거나 비명을 지를 수도, 달아날 겨를도 없었다. 이제 거기에 몇 명이 있었는지조차 기억나지 않는다. 하지만 그녀는 영원히 자신을 질책하게 되리라. 빈민가로 자동차를 몰고 들어갔던 무모한 행동보다 훨씬 더 가혹하게. 나중에 순전히 자기 보호 본능에서 뒤틀린 변명을 지어내고, 역겨운 변명을 늘어놓은 자기 자신에 대하여. 그녀는 그 일을 먹장구름 같았다고 했다. 먹구름에 에워싸여 있었다고도 했다. 그녀는 비명을 질렀다. 당연히 아팠다. 하지만 그녀의 옷이 찢겨 나가는 동안 웃음소리가 들려왔다. 잊혀지지 않을 웃음소리였다. 귀에 거슬리는 킬킬거리는 소리. 이전의 그녀에게는 결코 존재하지 않았던 세상으로부터 솟아오른 듯한 소리였다. 그들의 목소리에 한없이 깊숙하게 깔린 증오와 분노가 그녀를 통째로 삼켜버릴 것만 같았다. 신경질적인 비명 소리가 울려 퍼지기도 했으나, 한편으로는 헐떡이는 목소리들이 서로를 부추기고 있었다. 그것은 그녀가 살아 있는 한 잊지 못할 무엇이었다. 그들은 번거롭게 그녀를 죽이는 수고를 하지 않았다. 그녀가 마치 쓰레기라도 되는 듯 내버리고 가버렸다. 아마도 그것이 가장 끔찍한 부분이었을 것이다. 다시금 목소리들이 사라져갔고, 각자의 생활로 되돌아갔으며, 그 생활 속에서 그녀란 존재는 하찮은 사고에 지나지 않는다는 식의 태도. 나중에 경찰은 그녀에게 그 지역에서 도대체 뭘 하고 있었느냐고 캐물었다. 그녀는 경찰이 정작 하고 싶었던 말은 그 모든 게 그녀 잘못이라는 것임을, 정작 그녀가 자책하게 된 부분은 구름 따위를 들먹인 자신의 치욕스러운 거짓말임을 또렷이 깨달았다. 왜냐하면 구름이 누구의 옷을 찢지는 않으니까, 사내들이 찢는 거니까. 자신의 몸과 삶에 무턱대고 쳐들어오는 것은 사내들이다. 그러고는 영영 풀 수 없을 수수께끼를 남기는 존재들. 아니, 수수께끼를 영영 풀지 못할 존재는 **나**라고 하는 편이 옳다. 그 아무개는 바로 나였고, 지금 세상의 반대편에 있는 존재 또한 같은 나이므로. 지금 나는 세상의 반대편에 와서 그때의 그 사내들처럼 어두운 남자 곁에 누워 있다. 내게서 아무것도 취하지 않은 남자. 내게는 미스터리이고 이제 다시 사라져갈 남자. 내가 여기에 머무는 게 좋은 일인지 아닌지 확신이 서질 않는다. 물론 머물지 않아야 할 이유가 뭐란 말인가? 그는 내가 왜 여기 있는지 모르지 않는가. 아무튼 **진짜** 이유는 모른다는 것이다. 그리고 그 이유를 영원히 알아내지 못할 것이다. 그런 의미에서 나는 지금 그를 기만하고 있는 셈이다.

내가 여기에 온 것은 악령을 몰아내기 위해서다. 반면 그가 여기에 있는 것은 나와 섹스를 하기 위해서다. 아니, 그렇다는 게 내 짐작이다. 어쨌든 우리가 지금까지 해온 바가 그렇다는 말이다. 일주일, 더 길게는 아니라고 그가 말했다. 그는 곧 자기가 속한 무리 쪽으로 되돌아가야만 한다. 그의 무리, 그의 씨족에게로. 여기서는 그들을 이렇게 부른다. 그러나 그는 자신이 속해 있는 무리가 어디에 사는지 말해주지 않았다. 오지의 어딘가에, 가없이 펼쳐진 이 나라의 어딘가에 있을 그의 무리. 지금 그가 속으로 무슨 생각을 하고 있는지 나는 까맣게 모른다. 어쩌면 그 역시 나를 기만하고 있는 걸까. 말을 한 마디도 제대로 하지 않고서도 거짓말을 할 수 있는 사람이 있기나 할까?

그는 지금 잠들어 있다. 그리고 잠들었을 때의 그는 시간 그 자체이다. 그의 무리는 지구상에서 가장 오래된 종족이다. 그리고 이 나라에서 적어도 천 년의 세월을 살아왔다. 그보다 더 영원한 시간은 우리가 헤아리지 못한다. 어느 날 밤 상파울루로 드라이브에 나섰던 나는 결국 이곳에 오게 되었다. 정확히 말하면 그런 게 아니겠지만 나는 그런 식으로 생각하고 있다. 그런 일들은 생각하지 않아야 한다. 그러나 내가 그 생각을 하지 못하게 방해할 이는 아무도 없다. 내 곁에 잠든 남자를 물끄러미 바라본다. 젊은 사람이지만 천 년의 세월을 살아낸 사람처럼 보이기도 한다. 그는 바닥에 짐승처럼 몸을 둥글게 말고 누워 있다. 눈을 뜨면 사막에서 보는 도마뱀처럼, 바위처럼 늙어 보인다. 물론 그는 자기 나이보다 젊어 보인다. 동작이 가벼워서 마치 자신의 몸무게를 전혀 느끼지 못하는 것 같다. 나는 그때 그랬듯 이것도 새빨간 거짓말, 심각한 속임수라고 스스로에게 말해본다. 하지만 그것은 사실이 아니다. 나로서는 전혀 제어할 수 없는 무언가에 휘말려 들었던 것이고, 여기서 보내는 내 시간들은 헤아릴 수가 없기에. 이따금씩, 그와 내가 사막에 나가서, 대부분이 사막으로 이루어진 나라의 사막에서 나는 미처 보지 못한 대상을 그가 가리킬 때, 그가 대지와 온전히 하나가 될 때, 내가 전혀 찾을 수 없으리라고 생각한 데서 그가 물길을 찾아낼 때, 나이를 가늠키 어려운 그의 얼굴을 바라보며 겸허한 마음이 들 때, 그런 얼굴로 내 눈에는 모래만 보이는 데서 먹을거리를 찾아낼 때, 그때 나는 생각한다, 제대로 된 판단을 애써 외면한 채로. 그날 밤 내가 집을 떠난 것은 여기에 오기 위해서였다고. 나는 무거운 열대를 떠난 것이다. 그 열대의 소요와 소음을 전부 등진 것이다. 여기, 이 고요한 곳에 오기 위하여.

· O2 ·

알무트가 아니었다면 내가 여기에 올 일은 없었을 것이다.
알무트의 할아버지는 독일계다. 그건 나도 마찬가지다. 학
교에 처음 입학한 후로 사람들은 늘 우리를 알무트와 알마
Alma(브라질어로 '영혼'이라는 뜻)라고 짝으로 묶어서 불러왔
다. 우리는 할아버지들의 괴상한 발음을 흉내내며 깔깔거
린다. 할아버지들은 전후에 브라질로 들어왔는데, 이전의
과거에 대해 절대 말하고 싶어 하지 않는다. 늘 향수병에
시달리면서도 **고향**에 다시 가본 적은 한 번도 없다. 피셔 디
스카우(독일의 성악가)의 노래와 〈죽은 아이를 그리는 노래〉

(프리드리히 뤼케르트의 시에 곡을 붙인 말러의 가곡집)를 따라 부르며 흐느끼고 울부짖는 그들이다. 독일이 월드컵에서 우승하기를 바란다. 그렇지만 전쟁에 대해서는 한사코 말하고 싶어 하지 않는다. 마치 우리의 아버지들이 아버지에 대해 말하고 싶어 하지 않는 것처럼. 우리 아버지들은 독일어도 배우고 싶어 하지 않았다. 알무트와 나는 배우고 싶지만 독일어는 야만적인 언어다. 모든 게 포르투갈어와는 정반대다. 남성형 명사는 여성형이고 여성형은 남성형인 식이다. 죽음은 남성형, 태양은 여성형인 데 반해, 달은 남성형이다. 그런 데에 특별한 이유가 있는 것도 아니고 운율도 전혀 없다. 무자비한 언어라서 익히기가 힘들다. 무슨 말이냐 하면 귀를 기울여 듣고 싶지 않은 언어, 소리를 지를 때만 귀에 들어오는 언어라는 말이다. 알무트는 키가 크고 금발이다. 그래서 브라질 사람들은 그녀에게 홀딱 반해버린다. 내 키는 그녀의 어깨쯤인데, 항상 그 정도였다. 우리가 어린아이였을 때도 그랬다. 알무트는 "나는 이런 게 좋아." 라고 했다. "그래야 팔을 네 어깨에 두르는 게 쉽잖아." 나는 알무트가 나보다 더 예쁘다고 생각했지만, 알무트는 자기가 너무 크다고 여겼다. "난 네 독일인 애미잖아." 언제나

이런 식이었다. "사람들이 나를 부른힐트(고대 게르만 영웅 서사시에 나오는 아름답고 여장부 같은 공주)라고 불러줘야 마땅해. 자, 이 젖가슴을 보라고. 내가 거리를 활보할라치면 어느새 삼바 춤을 추는 무리들 중 절반이 뒤따라온단 말이지. 넌 그런 고민은 없잖아. 그건 바로 그 그림자 때문이고." 이 '그림자'란 그녀가 내세우는 지론들 가운데 하나다. "네 안에는 그림자가 드리워져 있어." "네가 그걸 어떻게 알아?" "네 눈을 보면 알지. 네 눈 밑에, 내 살갗 위에, 어디에나 보이는 걸." "그렇담 그게 뭔데?" "그건 네 비밀이지." 그날 밤 나는 거울을 들여다보았지만 아무것도 보지 못했다. 아니 차라리, 내 얼굴만 보았다고 해두자. 내게 비밀이 있는지 나는 잘 모르겠다. "그건 상관없어." 알무트가 한 말이다 "너 **자체가** 비밀이니까. 설사 네가 그 사실을 깨닫지 못한다 하더라도 그건 사실이야. 네가 무슨 생각을 하는지 그 누구도 영영 알아내지 못할 거야. 네가 무슨 말을 할 때 그 말은 네 얼굴에 떠오르는 표정이랑 어울리는 것 같지 않거든. 마치 네가 안으로 무언가를 억눌러 감추고 있는 것처럼 보여. 일종의 '무단침입 금지' 같은 거랄까. 넌 언젠가 그것 때문에 곤경에 빠질 거야. 하지만 그 비밀 때문에 너무 놀라지는 마."

이런 대화를 나누었던 때에 우리가 몇 살이었는지 기억 나지 않는다. 아마 열다섯쯤 되었을 것이다. 그러나 그 말 만은 영영 잊혀지지 않았다. 그 애가 내게 해준 또 다른 말 과 더불어. "그건 마치 네가 외롭지 않은 것 같은 거야. 늘 누군가 네 곁에 있는 듯한 거." 알무트와 나는 매사를 같이 했다. 심지어 첫 남자친구에 얽힌 절망까지도 둘이 함께 나 누었다. 현관에 걸린 그물침대에 누워서 앞날을 얘기하며 몇 시간씩 보냈다. 우리는 미술사를 공부할 계획이었다. 이 계획은 일찌감치 결정된 바였다. 알무트는 현대미술을, 나 는 르네상스 미술을. "십자고상十字苦像과 수태고지 그림들 을 보면 난 멀미가 나." 알무트의 말이었다. 이 부분에서 우 리의 의견이 합치된 적은 한 번도 없었다. 내게는 다양한 화가들이 동일한 주제를 어떻게 다루었는지를 살펴보는 게 매혹적인 경험이긴 해도 십자고상은 없어도 무방했다. 그 런데 수태고지 그림들은 몹시 좋았다. 난 이상할 정도로 천 사에 애착이 간다. 라파엘로, 보티첼리, 지오토, 날개만 있 다면 모두 맘에 든다. "그건 네가 날고 싶기 때문이야." 알 무트의 해석이다.

"넌 아냐?" "아니, 난 아닌데." 알무트의 방 벽은 윌렘 드 쿠닝(미국 추상표현주의의 대표 화가), 뒤비페(앵포르멜 미술의 선구자), 해체주의 형상들과 내가 싫어하는 입체파 화가들의 얼굴로 도배되어 있었다. 반면 내 방은 천사들로 빼곡했다. 알무트는 그걸 가리켜 내 '새장'이라 불렀다. "내가 천사를 싫어하는 건 말이지," 그녀는 종종 이렇게 말했다. "걔네들이 남잔지 여잔지 도통 모르겠거든."

"천사들은 남자야."

"네가 그걸 어떻게 알아?"

"전부 남자 이름이잖아. 미카엘, 가브리엘⋯."

"마리아한테 여자가 와서 아기를 갖게 될 거라는 소식을 알려줬더라면 훨씬 더 개연성이 높았을 텐데 말이지."

"여자들은 날아다니는 게 달라."

이 말은 터무니없었다. 나는 한 번도 여자가 날아다니는 걸 본 적이 없으니까. 그러나 누구나 어떤 부분에 대해서는 자신이 옳다는 걸 안다. 이를테면 지오토는 혜성을 보고서 급강하하는 천사들의 이상적인 형태를 고안해냈다. 그가 그린 천사들은 대기 속을 어찌나 빨리 날아가는지 다리가 빛의 자취 속에 가뭇없이 사라지고 만다. 여자라면 절대로 그렇게 날지 못하리라.

"난 날아다니는 꿈을 자주 꿔." 알무트가 말했다. "아주 천천히 날지. 그러니까 네 말이 맞을지도 몰라. 천사들은 어떻게 땅으로 내려온다고 생각하니?"

나는 그 순간을 너무나 또렷하게 기억한다. 그때 우리는 피렌체의 우피치 미술관에 와 있었다. 내가 좋아하는 그림인 보티첼리의 〈수태고지〉를 바라보면서. 알무트가 날개 달린 존재들이 신물이 날 만큼 지긋지긋하다는 말을 뱉은 순간이었다.

"넌 천사들을 본답시고 나를 온 유럽으로 끌고 다녔어. 이제 네가 직접 저 마리아의 자리에 앉아보는 게 어떻겠니? 자, 네 방에 평화로이 앉아 있는 거야. 이제 곧 무슨 일이 일어날지 까맣게 모른 채로. 그런데 돌연 펄럭이는 날개 소리가 들려 와. 거대한 새가 하강하려는 것 같은 소리가. 넌 그 소리가 어떨까 궁금해본 적 있니? 비둘기가 날개 치는 소리는 들어봤을 테니까 그보다 백 배는 더 큰 날개가 펄럭이는 걸 한번 상상해 보라고. 그 시끄러운 소리에 귀청이 떨어져나갈 것처럼 먹먹해질걸. '동무들, 하강할 준비 됐나?'"

그러나 나는 그녀의 수다를 귀담아 듣고 싶지 않았다. 내게는 언제든지 사람들의 소리가 들리지 않게 차단하는 능력이 있었다. 무언가가 내면의 자아를 건드리는 순간, 알무트에 따르면 그게 내 비밀이라는 건데, 나만의 세계로 숨어든다. 다른 사람들이 세상 바깥에 있다는 걸 알지만, 그들이 누구든 간에 내게는 더이상 없는 존재가 되어버린다.

"그건 소름 돋게 섬뜩한 면이 있어." 알무트는 언젠가 이렇게 말했다. "더이상 너는 거기에 없지. 네가 공연한 허세를 부리고 있다고는 생각 안 해."

"그건 몰입이야."

"아니, 그 이상이지. 그건 부재야. 내가 차라리 여기 있지 않는 편이 좋을 텐데. 예전에는 모욕 받은 느낌이 들었지. 거기엔 경멸적인 무언가가 있었거든. 마치 **내**가 더이상 존재하지 않는 거 같다고나 할까. 그러는 내내 정작 존재하지 않은 것은 **너**였는데 말이야."

나는 그녀의 말을 차단해버렸다. 복제품으로만 알고 있던 그림을 직접 보았을 때의 첫 느낌은 환각 같다. 실제로 진품을 바라보고 있다는 사실이 믿겨지지 않는다. 몇 백 년 전에 보티첼리가 바로 이 그림 앞에 서 있었다. 이미 티끌

이 되어 사라진 지 오래인 두 눈으로 그림을 응시하며. 그러고는 마지막 손질을 했다. 나는 그의 현존을 느낀다. 그림의 주위를 맴돌고 있는 그의 존재를. 그러나 그는 그림에 가까이 다가갈 수는 없다. 그토록 오랜 세월이 흘러갔기에 그 그림은 이제 전혀 다른 무엇이 되어버렸다. 그럼에도 불구하고 동일한 물리적 실체이긴 하다. 너무나 두려운 것은 바로 그것이다. 그림의 원화는 내게 마법 같은 영향을 끼친다. 형언할 수 없는 현기증을 일으킨다. 그 작품을 지나쳐 가는 사람들이 흘리는 말을 들어야 한다면, 그림을 흘깃 보고는 그대로 앞으로 나아가야 한다면, 나는 기절하고 말 것이다. 언젠가 바이아(브라질의 26개 주 가운데 하나)에서 열리는 칸돔블레(아프리카의 신앙과 풍습을 따르는 브라질의 종교의식)에 가본 적이 있다. 춤을 추는 여인은 자기만의 세계에 흠뻑 젖어 있었다. 바로 그 순간, 누군가가 그녀에게 충격을 주어 그녀를 그 무아지경에서 빠져나오게 했다면 그녀는 그 자리에 허물처럼 스러지고 말았으리라. 내가 느끼는 기분도 어느 정도는 그런 것이다.

조용한 히스테리. 알무트가 지어낸 또 다른 이름. 미소를 띠며 한 말이긴 하지만 그래도….

그러는 동안 나는 그 그림에 온전히 빠져들었다. 붉은 장방형 바닥 타일, 소용돌이치는 움직임과 대조를 이루는 직선들의 규칙적인 형태, 두 인물의 포개진 옷자락에 진 주름. 이 두 인물에게도 세상의 나머지 부분은 존재하지 않는다. 모든 것이 고요하다. 천사가 방금 도착했다. 천사는 한쪽 무릎을 꿇고 앞에 서 있는 여인을 향해 오른손을 들어올리고, 여인은 천사 쪽으로 몸을 숙이고 있다. 둘의 손이 닿을락말락한다. 전율을 일으키는 친밀한 몸짓이다. 두 인물은 손가락을 쫙 펼쳤는데, 그것이 마치 언어인 듯, 아직 말로는 발설된 적이 없기에 손으로 그 마음을 표현하고 싶어하는 듯하다. 여인은 고개를 돌리고 있다. 그렇지 않았더라면 천사의 공손한 표정에 어린 경외감을 보았으리라. 내가 믿기로, 근원적인 부조리에 대해 생각해본 사람은 거의 없다. 날개를 단 남자가 방 안으로 날아든다. 날개는 아직도 살짝 펼쳐진 상태이다. 창문 너머 지중해의 햇살이 퍼지는 고요한 풍경 속으로 길고 가느다란 나무가 한 그루 솟아오른다. 남자는 아득히 멀리 떨어진 세상이지만 너무나 가까운 세상, 시간도 거리도 모르는 세상, 지금 이 여자의 내면에 깃들어 있는 세상이 전하는 메시지를 품고 있다. 나는 신성이 무언지 알지 못한다. 아니, 신성을 어떻게 표현해야 하는지 모른다고 해야 하리라. 사람들은 신성한 존재와의 접촉을 어떻게 감당해낼까? 나는 그런 일이 가능하다고 생각지 않는다. 하지만 그게 가능하다면 분명 이 그림과 아주 흡사한 풍경이 될 것이다. "너 설마 저렇게 길고 복잡한 얘기를 죄다 믿는 건 아니겠지?" 알무트가 이렇게 묻지 않을 리 없었다.

"안 믿어. 그림 속의 모든 게 남김없이 진실이라는 점만 빼면 말이야. 그리고 중요한 건 그거잖아."

바로 그때 삼종기도 시간을 알리는 종소리가 들려왔다. 물론 이 또한 중요한 것이었다. "**안젤루스 도미니 눈티아비트** Angelus Domini nuntiavit('주의 천사가 마리아께 아뢰니')." 2천 년이란 긴 세월이 지나도록 한결같이 강력한 힘을 지녀온 이야기들이 있는 것이다. 컴퓨터 시대에 와서까지도 종소리가 울려 퍼지도록 만들 만큼 힘이 있는 이야기가. 그리고 보티첼리는 그것을 알았다.

한 시간 후, 폰테 베키노 다리 위에 서서 빠르게 흘러가는 아르노 강물을 내려다보고 있을 때 알무트가 말했다. "그걸 한번 상상해봐."

"뭘 상상해?"

"천사와 섹스를 하는 상상. 날개는 분명 보너스가 될걸. 천사가 내려올 때 부스럭대고 펄럭이는 날개 소리를 상상해보란 말이지. 아니면 양 날개를 펼치고 너와 함께 창공을 날아오르는 상상은 어때? 내가 그것과 가장 유사한 체험을 해본 건 비행기 조종사와 함께였을 때지. 그런데 완전 실패였어."

"네가 사랑에 빠질 만한 천사는 톨레도 미술관에 있는 엘 그레코 그림 속 천사뿐이야. 들쭉날쭉, 듬성듬성한 날개를 단 사내가 하늘 위로 질질 끌려가고 있는 것처럼 보이거든."

"그 들창코 사내 말이니? 아, 사양할래. 물론 그자가 엄청난 위력을 발산하기는 하지."

나를 지상으로 되돌려놓는 데 알무트만큼 확실한 존재는 다시 없으리라.

· O3 ·

그때도 역시 나는 알무트에게 기댔다. 알무트가 모든 걸 처리해주었다. 경찰서에 가는 일부터 산부인과 의사에게 데려다주는 일까지. 둘 중 어느 쪽이 더 모욕적이었는지 모르겠다. 제복 차림의 경찰관들은 내게 상파울루 빈민가에서 대체 뭘 하고 있었느냐며 집요하게 추궁했다. 자꾸 그 얘기를 되풀이하게 만들어서 은밀하게 성적 즐거움을 누리던 그 경찰관들인지, 아니면 등자처럼 생긴 끔찍한 도구로 웅웅거리는 소리를 내며 내 가랑이 사이에 머리를 처박고 정자 혹은 그보다 훨씬 지독한 무언가의 흔적을 찾다가 내가 가벼운 피해만 입었을 뿐 큰 탈 없이 넘어간 거라는 최종 결론을 내린 크롬 테이블인지. 내가 다 아는 일임에도 무슨 일이 정말로 일어난 게 맞는지 그자는 의심의 눈초리를 거두지 않았었다. 그날 밤, 내가 왜 차를 몰고 거기에 갔었는지 헤아려준 사람은 오로지 알무트뿐이었다.

"무드가 그랬어?"

무드. 달랑 낱말 하나. 평범한 말. 알무트는 언젠가 내게 무드mood가 고대 색슨어 모드mod에서 온 거라고 설명해주었으나, 나는 그 발음이 영 맘에 들지 않아 사전을 찾아보고 싶지도 않았다. 때로 나는 질문을 하기가 무섭게 그 대답을 알게 되곤 했다. 어쨌거나, 그것은 우리 둘만 통하는 암호였다. 우리는 그 말이 무슨 뜻인지 정확하게 알았다. 어느 날, 내가 열두 살 혹은 열세 살 적 어느 날엔가 그게 어떤 느낌인지 설명하려고 애써 본 적이 있다. 무시무시한 공포 속으로, 끝없는 심연으로 빨려 들어가는 기분, 세상 끝으로 떨어질 것만 같은 기분이었다. 말로 형언하기는 힘들다. 질질 끌려 바다로 나왔으나 그 끌어당기는 힘에 도저히 저항할 수가 없고, 아니 사실은 저항하고 싶지도 않은 그런 심정. 왜냐하면 마음 한구석엔 영원히 사라지고 싶은 욕망, 음험한 어둠에 삼켜져서 소진되어 버리고픈 욕망, 온전히 그 앞에 자신을 내던질 수 있도록 그 공포의 정체를 밝혀내고 싶은 욕망이 도사리고 있기에. 그러면서도 이 모든 기분이 나를 어지럽게 만들고, 역겨울 정도로 어지러운 육신이 혐오스러워지고, 그래서 이런 기분을 지워버리고만 싶을 뿐, 걷어버리고만 싶을 뿐, 이런 생각을 멈추게 하고만 싶을 뿐. 분노, 쾌락, 우울, 이 모든 것이 뒤섞여 하나로 엉겨들고, 그 기분이 사라지면 남는 것은 끔찍한 칼날, 하얗게 전율처럼 이는 명징한 느낌. 그 속에서 살아 있고 싶지 않다는 자각이 오고, 모든 것이 증오로, 식물과 일상의 대상들, 날마다 등교할 때 오가는 길로 점철되어버린다. 그러다가 마침내 그 기분마저 가라앉고 나면 온몸의 감각이 평정을 되찾고 그 속에서 세상과 내가 다시금 화해를 이루었다고 느낀다. 물론 그러면서도 마음 한 켠으로는 이 모든 게 종잇장처럼 얇고 투명한 환상 같은 것이어서 내가 세상이 일부이면서 동시에 그 일부가 아니라서 이 세상과 영영 화해를 이룰 수는 없으리라는 것을 안다. 이것은 스스로 해결해가야 할 모순, 자가당착이다. "또 그런 표정 짓는군." 그런 순간이면 알무트는 이렇게 말하곤 했다. "그러지 마. 어서 그 악령을 쫓아버리자." 그러고 나면 알무트 방이나 내 방에서 쉬크 브와르키(브라질의 가수, 기타리스트, 작곡가 겸 작사가로 리오데자네이루의 사회·경제·문화 문제를 노래함)나 롤링 스톤스의 음악을 틀어놓고 미친 듯이 몸을 흔들며 춤을 추곤 했다. 방바닥에 풀썩 쓰러져서 나란히 드러누울 때까지 춤을 추었다. 거기서부터 우리들만 떠나는 대항해에 나서곤 했다. 알무트 방에는 천장을 온통 뒤덮는 어마어마하게 큰 세계지도가 테이프로 붙여져 있었다. 아직도 그 지도의 모습이 눈에 선하다. 그것은 여느 지도와는 달랐다. 시베리아와 알래스카가 기이할 정도로 길쭉하게 늘려졌고, 위치도 지도의 꼭대기가 아니라 왼편과 오른편에 각각 놓여 있었다. 반면에 오스트레일리아는 꼭대기 쪽으로 옮겨져서 한층 더 외딴 섬처럼 보였다. 흡사 세상 위를 떠도는 섬 같았다. 그리고 우리가 언젠가는 그곳으로 떠나리라는 것을 알았다. 모든 게 다른 전도된 세상으로, 이 광활한 섬의 끄트머리에 아슬아슬 매달렸던 죄수와 흉악범의 후예인 백인들이 사는 세상으로. 끄트머리 사이의 가운데 땅, 불타는 사막에는 다른 이들이 살고 있었기에. 여기서 영겁의 세월을 살아왔고 이 땅 밑에서 불쑥 솟아오른 것 같아 보이는 사람들이. 태양의 열기에 검게 그을린 사람들, 대지 위를 사뿐히 걸어 다니며 시간이란 존재하지 않는 듯 살아온 사람들. 그들은 이 지상의 다른 사람들과는 전혀 딴판인 삶을 살았다. 그들이 살면서 바란 것은 오직 존재하는 것뿐인 것처럼, 이 한결같은 세상의 존재를 아무것도 바꾸지 않은 채 대대로 이어 내려온 것처럼. 우리는 오스트레일리아 선주민의 과거, 드림타임Dreamtime(호주 선주민어로는 'alcheringa'. 호주 선주민 애버리지니의 신화적 개념으로, 지금도 그 영혼이 살아 있다는 신성한 조상에 의해 생성된 만물 창조의 시기, 꿈의 시대, 夢幻時)에 대해 책에서 읽은 적이 있다. 시간과 기억이 시작되기 이전의 시대, 세상이 편평했고 텅 비어 있었으며 형태가 만들어지지 않았던 시대. 그 시대에는 나무나 동물도 없었고 먹을거리와 사람도 없었다. 그러다가 어느 순간이 되자 영웅들, 즉 그들 신화의 조상들이 나타났다. 그런 일이 어떻게 생겼는지 제대로 아는 이는 아무도 없다. 이 신화 속 영웅들이 바다에서 나왔는지, 하늘에서 내려왔는지, 혹은 지구의 저 끝자락에서 들어왔는지 아무도 모른다. '영웅 탄생', 이 말은 마법같이 황홀한 울림으로 다가온다. 지금도 이 말을 입에 올리면 경외감이 가슴을 가득 채운다. 알무트와 나, 우리 둘 중 누가 이 말을 입에 올리면 그것이 무언지 우리 둘 다 그 의미를 너무나 잘 헤아렸다. 언제나 꿈과 상상을 불러일으키는 말이었으므로. 다른 사람에게는 우리가 그 나라의 땅을 속속들이 잘 알아서 이미 백 번은 다녀온 것처럼 보였을 것이다. 케언스, 앨리스 스프링스, 코럴베이, 캘굴리, 브룸, 더비. 언젠가 우리는 오스트레일리아로 떠날 것이었다. 메카타라에서 윌루나까지, 다시 윌루나에서 멍길리까지 사막을 건너 여행을 할 것이었다. 에어스록과 아넴 랜드, 그리고 화성처럼 황량한 널라버 평원을 종횡으로 누비고 다닐 것이었다. 오스트레일리아는 우리만의 비밀이었다. 우리는 손에 닿는 대로 모았다. 〈내셔널 지오그래픽〉 과월호들, 여행사에서 발행한 책자들, 전부 다. 알무트는 시크니스 드리밍 플레이스Sickness Dreaming Place(오스트레일리아에서 가장 오래된 풍광으로, 지금도 애버리지니에게는 태고의 낙원이고 관광지가 아니라 예술가·선지자의 본향임)라는 제목의 복제화를 걸어두었었다. 이 그림에는 혼령들, 낭떠러지에 매달린 채 흔들리는 하얀 형상들이 보였고, 낭떠러지는 말라붙은 핏줄기로 얼룩졌으며 혼령의 몸 위에도 핏자국이 퍼져 있었다. 혼령의 몸뚱이는 기묘하게 생긴 기하학

적인 면으로 이리저리 갈라졌다. 입은 없었고 눈이 있어야
할 자리에는 붉은 구멍이 뚫려 있었으며 머리 위로는 부
채처럼 생긴 모양들이 보였다. 우리의 이런 환상놀이가 얼
마나 오래 계속되었는지 모르겠지만 지금도 나는 강렬했
던 우리의 꿈이 뿜어내던 열기를 느낀다. 알무트의 그림 밑
에 앉아서, 지금도 기억에 생생하게 떠오르는데, 우리의 흥
미를 불러일으키는 것이면 무엇이든지 이야기를 나누었다.
남자친구, 식구들과의 갈등, 형편없는 성적표, 이 모든 이야
기가 그 그림 속, 치유의 힘을 지닌 흔들리는 정령들의 얼
굴 속으로 녹아들었다. 그들은 어느새 우리의 정령, 즉 수
호성인으로 자리를 잡았다. 언젠가 절실하게 그들이 필요
해지는 날이 오면 우리는 그곳을 찾아 나설 것이었다.

·04·

그때를 돌이켜보면 우리를 매료시켰던 것은 그들이 기록을 전혀 남기지 않았다는 사실이라는 생각이 든다. 그 어디에도 문자 기록은 없었다. 모든 대상이 성스러웠으나 그 어느 것도 책으로 보존되지는 않았다. 게다가 그들은 그 어떤 기계도 발명하지 않았다. 이 사실 때문에 조롱받는 일이 빈번하지만 그럼에도 그들은 수만 년의 세월 동안 척박한 환경 속에서 살아남았다. 숫자로는 헤아릴 길 없는 영원 같은 시간 속에서 대지를 훼손하지 않고 대지에 기대어 살아왔다. 이런 생활 방식으로 돌아가고자 갈망하는 것은 무의미했다. 왜냐하면 우리가 사는 세계가 그들에게는 이미 죽음이었으므로. 이 영겁의 세월 동안 그들이 무슨 생각을 하며 살아왔는지 가늠할 만한 가시적인 단서는 그들의 예술뿐이다. 그런데 이 예술마저도 영원하리라는 의도로 만들어진 게 아니었다. 즉, 의식을 치르는 동안 칠한 바디 페인팅과 모래 위에 그려진 그림들은 모든 이가 소유한 예술이었다. 그러나 우리는 예외였다. 우리에게는 그들의 비밀을 푸는 열쇠가 없었기에. 우리가 기대할 수 있는 바는 그저 피상적인 이해가 전부였다. 이해하고 싶었으나 그럴 수가 없었다. 그것은 추상이면서 동시에 물리적인 실체이기도 했다. 그런 걸 어떻게 우리가 이해할만한 무언가로 해석해낼 수 있겠는가?

그들의 꿈은 보통 꿈꾸기와는 하등 상관이 없었다. 온 우주의 질서를 표현하기 위해 사용된 말이었다. 우주의 기원에서부터 기억이 시작되기 이전 시대까지 아우른 세계의 질서, 그것은 열일곱 나이의 우리 머리가 감당하기에는 너무나 벅찬 얘기였다. 그리고 솔직히 말하면 지금까지도 벅차다. 번개인간, 무지개뱀, 인간의 형상이면서 동시에 비인간의 형상을 지닌 그 밖의 모든 존재들이 아직 형성되지 않은 혼돈스러운 세상을 여행하는 동안 모든 것을 만들어냈다. 그리고 사람들에게는 우주에 어떻게 대응해야 하는지 그 방법을 가르쳐주었다. 그것은 전부이자 그 이상이기도 했다. 드림타임에 그들의 신화 속 조상들은 세상을 향해 꿈꾸기 그물망을 던졌다. 때로 꿈꾸기는 특정 지역에 사는 사람들에게만 해당되었다. 그러나 그들이 무리를 지어 사막을 헤치며 나아가자 그 꿈꾸기가 다른 지역 사람들과 그들을 이어주었다. 서로 다른 언어를 사용했더라도 꿈꾸기를 통해 그들은 연결되었다. 풍경 속에 그들이 이어진 흔적이 보인다. 혼령들과 조상들은 돌, 웅덩이, 암석층의 형태로 모든 곳에 흔적을 남겼다. 그 자취를 보고 미래의 세대들이 조상의 이야기들을 읽을 수 있도록, 나아가 그들의 고유한 역사를 되살려 체험할 수 있도록. 그런데 그게 전부는 아니었다. 그들의 꿈꾸기는 사람들로 하여금 조상의 존재가 풍경 속에 지금도 생생하게 작용하는 힘임을 보고 깨닫게 해주었을 뿐만 아니라, 각각의 사람마다 조상을 이어주는 고유한 꿈꾸기를 지닐 수 있도록 해주었다. 이 모든 것이 지금 우리가 예술이라고 부르는 방식으로 표현되었다. 예술은 자신에게 고유한 영혼의 정체성, 자신이 숭배하는 토템,

즉 풍경 속의 물리적인 특징이나 동물과 연관된 표상, 혹은 다른 누구도 부르도록 허락되지 않은 노래와 춤과 비밀스러운 기호를 표현하는 데 이용되었다. 그것은 한 번도 문자로 기록된 바 없는 법칙이 담긴 우주 기원론으로, 그 속에서는 모든 것이, 말 그대로 자기 고유의 자리를 지녔다. 개인이, 혹은 집단이 언제나 되돌아갔던 자리. 문자가 없는 세계이지만 기호들로 이루어진 불멸의 백과사전을 통하면 수만 년의 세월이 흘렀어도 여전히 이해 판독할 수 있는 그런 세계, 그리하여 우리를 온당한 자리로 이끌어주는 세계였다. 알무트와 나는 이 세계에 대해 읽고 또 읽었지만 그럴수록 이해할 수 있는 범위가 줄어들었다. 우리가 감당하기에는 너무나 많았고 너무나 복잡했다. 그러나 거기에 담긴 명료한 시야가 우리를 자꾸만 끌어당겼다. 그것은 이 세상을 우리가 떠날지도 모른다는 예감을 점점 더 짙어지게 만들었다. 이것이 우리의 비밀이었다. 이 비밀을 우리 말고 다른 누구와 나눌 필요는 없었다. 우리가 좋아한 사진 가운데 낭떠러지 옆에서 그림을 그리는 한 노인의 사진이 있었다. 노인은 왼쪽 다리를 엉덩이 밑으로 말아 넣고 앉아 있었다. 몸은 아직 젊어 보였으나 구불구불한 흰 머리카락은 그가 늙었다는 것을 말해주었다. 발가락만 빼고는 몸 전체에서 희미한 빛이 스며 나왔다. 발바닥은 핏기 없는 잿빛으로 가죽처럼 질겨 보였다. 한 번도 신발이란 건 신어본 적 없는 사람의 발이었다. 노인은 금방이라도 자기가 그린 그림을 남겨둔 채 떠나버릴 것만 같았다. 사고방식이 우리와는 전혀 달랐던 사람, 텅 빈 세상에 창조의 영웅이 등장했다고 믿은 사람, 이 영웅들이 다시금 동물이나 인간의 모습을 띠고 출현하리라고, 그리하여 서로를 바위나 나무로 바꾸거나 하늘 위로 내던져서 해나 별을 빚어낼 거라고 믿은 사람. 우리는 우리가 언젠가는 그곳으로 갈 것임을 단 한순간도 의심치 않았다. 그리하여 알무트와 내가 드레스덴과 암스테르담과 피렌체 등 유럽을 미술사 공부의 일환으로 다녀온 후로도 오스트레일리아는 끊임없이 우리를 향해 손짓했다. 오스트레일리아 지역 이름만 나와도 우리는 서로의 눈을 바라보며 의미심장한 미소를 나눴다. 그 누구도 절대로 빼앗아 갈 수 없는 비밀을 나눈 사람들처럼. 상파울루 빈민가에서 그 사건이 있은 후 나는 몇 주일 동안 집 밖에 나가지 않았다. 아무도 보고 싶지 않았을 뿐더러 부모님에게도 사정을 말할 수가 없었다. 이따금씩 알무트가 집으로 찾아와 내 침대맡에 앉아 있곤 했다. 알무트는 아무 말도 필요 없다는 걸 이해했다. 오스트레일리아로 가는 저렴한 항공편을 샅샅이 찾아보았다고 한 그날까지 아무 말도 하지 않았다. 시드니까지는 비행기로 날아갈 수 있었다. 시드니에서는 아넘 랜드와 엘 쉬라나까지 갈 수 있었다. 엘 쉬라나는 슬레이스벡에서 멀지 않았다. 오스트레일리아 선주민의 낙원인 시크니스 드리밍 플레이스에 갈 수 있는 것이었다. 알무트가 일일이 설명을 늘어놓을 필요도 없었다. 우리 둘 다 그 말이 무슨 뜻인지 너무나 잘 알았기에.

·O5·

알무트의 부모님은 두 분 다 독일계이다. 내 혈통에는 상당한 양의 라틴 피가 흐른다. 아버지는 뼛속까지 게르만족이다. (제복을 입으면 금세 편안한 기분을 느끼시리라.) 하지만 그런 아버지에게도 어머니와 결혼할 정도의 안목은 있었다. 아버지가 바그너라면 어머니는 베르디다. 복수심을 품은. 두 분이 다투면 이 점이 극명하게 드러난다. "저 사람이 나를 고른 건 그저 호기심 때문이지." 어머니는 늘 이렇게 말했다. "네 아버지는 자신이 장차 어떤 사람을 감당하며 살아야 할지 까맣게 몰랐던 거야. 내 안에는 포르투갈인, 유대인, 인디언, 혹은 이탈리아인의 피가 흐르거든. 저 사람은 그중에서 어떤 피가 우위를 차지하는지 확인해보고 싶었던 거겠지. 그런데 인디언 피는 과소평가했어." 인디언 피는 지금도 아버지에게 풀지 못할 미스터리로 남아 있다. 그건 내게도 마찬가지다. 그림자, 그늘, 무드, 이런 것이 내게 깃든 인디언의 피다. 어머니에게도 그게 있다. 어머니와 나, 우리는 인디언의 그늘이나 무드가 드리우면 서로 거리를 두고 피해 있는 법을 터득했다.

알무트는 자기 삶에서 혼돈을 몰아내버렸다. 그녀는 독일인이고 질서에 대한 감각이 예리하다. 오래전에 오스트레일리아 돼지 저금통 생각을 해낸 게 바로 알무트이다. 역시 오래전에 우리가 전문적인 기술을 습득해둘 필요가 있다고 생각한 것 역시 그녀이다. 기술이 있어야 여행을 하는 동안 돈을 벌 수 있을 거라고, 그래야만 식당이나 술집에서 접시를 닦는 일이나 애보기, 혹은 그보다 더한 허드렛일을 전전하지 않을 수 있을 거라고 했다. 그래서 우리는 물리치료사 과정을 밟았다. 등허리 통증이 있는 사람들을 운동시키고 마사지해주는, 그런 류의 일.

"이런 일은 세상 어디를 가더라도 쓸모 있을 거야." 알무트가 말했다.

"매춘 술집에서도?"

"안 될 게 뭐람? 그치들이 그 불결한 손을 내게 들이대지만 않는다면야!"

·06·

"당신에게 그를 빌려주는 것뿐이에요." 애들레이드의 화랑 주인은 마치 책이나 그림 얘기를 하듯 말했다. 물건 하나. 그 화가는 화랑주의 말을 듣지 않았거나 아니면 아예 듣지 못한 척했다. 내 생각으로는 후자가 맞다.

오스트레일리아 전역에서 활동하는 선주민 화가들을 위한 전시회가 열렸다. 그의 그림은 새까맸다. 지극히 작고 하얀 점으로 빼곡한 밤하늘. '점'이라는 말조차 너무 크게 여겨질 만큼 깨알 같은 점. 처음에는 물론 그 점들이 별이라고 생각했지만, 그런 짐작은 너무 안이한 것이었다. 그림

55

에서 우선 눈에 들어온 것은 단색의 새까만 화폭뿐이었다. 좀 지난 뒤에야 아주 미세한 수많은 점들이 도드라져 보였다. 그런데 그 점은 별일 수도, 별이 아닐 수도 있었다. 얽히고설킨 섬세한 점들이 이루는 그물망 사이로 훨씬 더 검은 형태가 희미하게 떠올라 왔다. 꿈꾸는 토템 동물이었다. 이 동물의 존재가 결국에는 자그맣게 흐르는 개울을 드러냈다. 너무나 추상적으로 표현되어 있어서 우리 같은 사람 눈에는 보이지도 않는 실개울. 물론 그건 우리 눈과는 아무런 상관이 없다. 문제는 우리와는 다른 낯선 사고방식과 계속 맞닥뜨리게 된다는 점이다. 그는 내게 그것을 설명해주려고 애를 썼지만 별로 효과가 없었다. 그는 말을 하는 내내 나를 쳐다보지 않았다. 한 마디 한 마디 할 때마다 무척 힘들어 보였다. 알무트와 나는 미리 그림의 주제에 관련된 자료를 다 읽었는데도 막상 작품 앞에 서니 우리에게 절실하지 않고 실감도 나지 않는 이야깃거리를 읽은 것 같았다. 그 그림이 그에게 의미하는 그런 절실한 느낌이 헤아려지지 않았다. 그림 자체는 문제가 아니었다. 그와 비슷한 류의 그림, **밤에 꾸는 사막 도마뱀의 꿈**은 미국이나 브라질의 어느 미술관에 가더라도 만날 수 있었다. 안 그렇겠는가? 내가 사막의 도마뱀 모양을 구별해낼 수 없었다는 사실도 문제가 되지 않았다. 드리밍, 즉 꿈꾸기, 이 말이 다시 또 등장한 것이다. 이 말은 회피할 수도, 그렇다고 가까이 다가갈 수도 없었다. 자꾸만 걸려 넘어지게 만드는 말이었다. 영어로는 조리에 닿는 것처럼 보였다. 하지만 이 말을 다른 언어로 바꾸었을 때 같은 의미를 띠는지 한번 발음해보라. 이 그림들이 그려진 정신 상태, 법, 의례와 의식은 물론이고 종교와 성스러운 시대, 신화적 조상들이 살던 시대를 두루 내포하고 있는지를. 이 그림의 경우, 그의 꿈꾸기, 사막 도마뱀의 꿈꾸기는 아버지와 할아버지에게서 물려받은 것이다. 물리적인 실체가 없는 무형의 것을 어떻게 물려받을 수 있을까? 그의 내면 어딘가에, 그의 유전학적 조합 안에, 그의 내적 존재 안에 눈으로는 보이지 않는 도마뱀이 있었다. 사실 그것은 도마뱀이 아니어서 그의 그림을 보는 내게는 절대로 보이지 않는 것이었다. 그 도마뱀은 외피를 동물로 가장한 그의 조상들의 꿈꾸기였다. 그의 조상들은 헤아릴 길 없이 아득히 먼 시대로부터 그에게 다가온 것이다. 다른 사람들, 그들의 전통과 생활 방식에 대해 까맣게 모르는 사람들, 그들의 전통과 습속을 폄하하고 제압하려고 갖은 수를 썼던 사람들이 들어온 뒤까지도 성스러운 꿈꾸기의 의미를 지키고 간직해온 조상들이었다. 꿈꾸기. 나는 가만히 이 말을 혼자서 속살거려 보는 게 좋다. 이 속삭임을 통해 내가 그들 영혼의 왕국 속으로, 정령이 가득한 그 그림의 영역 안으로 들어갈 수 있을 것만 같아서. 그러지 않으면 그림들은 그저 보호구역에서만 살아남을 것 같았다. 저 멀리 잔혹한 사막에서 그저 한 권의 책이나 한 편의 노래처럼 읽히게 될지도 몰랐다. 그들은 각자 자기만의 꿈꾸기가 있었다. 그것은 일련의 토템과 노래를 동반했다. 이를 통해 자기 고유의 혈통을 만들었고 조상 때부터 해온 창조 행위가, 이 역시 꿈꾸기로 알려진 것인데, 지금도 창조적 행위의 유산으로 지속되고 있다. 이 모든 것을 이제 도시에서는 볼 수 없다. 오스트레일리아의 백인들은 대부분 이런 형이상학적 개념과 씨름하고 있는 듯 보인다. 그들이 접촉하게 된 오스트레일리아 선주민들이 지향 없이 떠도는 인간 같기만 바라기 때문에, 조상과의 결속력을 상실한 탓에 더이상 아무 데도 속하지 않게 된 존재들이기만 바라기 때문에. 이런 오스트레일리아 사람들은 성소聖所라는 개념, 인간 존재가 밟도록 허용되지 않은 땅이라는 개념을 불필요한 것으로 여기고 싫어한다. 그 땅 밑에 금이나 은 혹은 다른 귀중한 상품이 묻혀 있는 경우에는 더욱더 그렇다.

·07·

이것은 내게 전혀 도움이 되지 않으리라. 이곳의 드넓은 자연이 품은 고요는 지상의 그 무엇과도 닮지 않았다. 별이 쏟아지는 하늘도 마찬가지다. 사막의 정적, 사막의 하늘. 희미한 카바이드 불빛 속에서 그의 살갗이 보인다. 그의 피부는 그가 그린 그림처럼 무광의 흑빛이다. 그 그림처럼 흰빛을 발하기까지 한다. 마치 암흑 아래 숨겨진 아득히 먼 은하수 같다. 그는 소리 없이 숨을 쉰다. 여기에서 소리를 내는 것은 아무것도 없다. 내가 좀 더 고요히 있을 수만 있다면 모래 알갱이들이 사그락거리는 소리, 사막의 도마뱀이

스르륵 기어가는 소리, 벼과의 스피니펙스와 백합과의 상록 떨기나무들 사이를 스쳐가는 바람 소리까지도 들리리라고 나는 믿는다. 사막에 바람이 한 자락이라도 불어온다고 가정한다면. 그런데 오늘 밤에는 바람 한 점 없다. 나는 먼 길을 떠나 이곳에 다다랐다. 내가 품은 생각을 말로 옮겨보려고 애를 쓰지만 뜻대로 되지 않는다. 아무런 성과도 얻지 못하고 있다. 내 몸에 대하여, 내가 어떻게 그 어느 때보다 더 절실하게 깨닫게 되었는지에 대하여, 즉 그곳에 내 몸이 단 한 번만 머물게 되리라는 것, 그것은 '나'라고 부르는 것과 온전히 부합한다는 것, 그렇지만 대상을 더이상 말로 설명할 수 없는 지점에 다다른 것에 대하여 뭐라고 말을 해보고 싶다. 황홀경에 대해서는 말로 표현할 수가 없는 것이다. 그렇지만 내가 뜻하는 바가 바로 그렇다. 나는 지금껏 그 정도로 존재했던 적이 없었다. 그것은 그 사람과는 아무런 상관이 없다. 아니, 차라리 그 사람은 그 일부일 뿐이라고 해야 하리라. 그는 저 바깥세상의 모든 대상들 속에 있다. 나를 둘러싼 주위 환경에 이렇게 속해 본 적이 지금껏 없었다. 물론 모든 게 다르기는 하다. 즉, 나는 그 모든 대상들과 동등하게 존재한다. 그것을 표현하는 데 이보다 더 나은 방법은 생각할 수 없다. 알무트 외에는 다른 누구에게도 이런 말을 할 용기나 엄두가 나지 않는다. 게다가 나는 이런 말을 할 준비조차 되어 있지 않다. 알무트는 나를 비웃지 않을 것임을 안다. 언제나 알무트에게는 모든 것을 얘기할 수 있었으니까. 하지만 지금은 알맞은 때가 아니다. "나는 저 고요, 모래, 별이 빛나는 하늘과 동등해요."라는 식의 말은 그 누구에게도 할 수 없는 것이다. "나는 그저 보잘것없는 사람일 뿐이에요. 그런데 난생 처음으로 내 자리가 어딘지 깨닫게 되었어요. 그 밖의 다른 일은 어떤 것도 내게 일어날 수가 없어요."라는 말도 물론 할 수가 없다. 그렇다, 그런 말을 할 수 없는 것만은 분명하다. 차라리 말을 하지 않는 편이 나은, 그런 말인 것이다. 비록 내가 느끼는 감정이 그렇다 할지라도. 나는 히스테리 상태가 아니므로 무슨 말을 하고 있는지 안다. 알무트가 나를 이해한다는 것도 안다. 이 남자와 나의 관계는 짧게 끝나고 말겠지만 내 그림자의 정체를 잡아내는 데 도움을 준 이가 바로 이 사람이다. 그리고 그게 좋다. 우리는 이제 하나다. 나는 어두우면서 동시에 밝다. 지금 일어나서 바깥으로 나간다 하더라도 아무 데서도 빛을 볼 수 없으리라는 것을 안다. 간밤에 나는 바깥에 서 있었다. 그리고 우주에는 오로지 두 가지밖에 없었다. 나와 다른 모든 것. 상황이 그런 거라면 내가 어느 날 우주에서 영원히 사라지리라는 사실도 더는 중요하지 않다. 나는 모든 것을 보았고 모든 것을 이해했기 때문이다. 나는 다가갈 수 없는 존재가 되었다. 나는 모든 것을 벗어나 있음을 느낀다. 만일 내가 악기라면 세상에서 가장 아름다운 음악을 빚어낼 것이다. 이런 식의 말은 다른 사람에게 절대 할 수 없다는 걸 안다. 하지만 이것은 진실이다. 나는 생애 처음으로 "우주의 조화"라는 중세 시대의 개념을 이해한다. 여기 바깥에 나와 서 있으면 나는 별들을 **보기만** 하는 것이 아니다. 나는 별들을 **듣는다**.

누가 우리의 생각 속에서 천사를 몰아냈을까? 나는 내 주위 어디서나 천사의 존재를 감지할 수 있다. 내 석사 학위 논문은 음악의 천사들 그림에 대한 것이었다. 히에로니무스 보스, 마테오 디 조반니, 그리고 특히 14세기 채색 필사본에 담긴 특별한 그림. 그 그림 속에는 책상 앞에 앉아서 천사들의 위계질서를 밝히는 책을 쓰고 있는 생 드니가 보인다. 주교가 의식 때 쓰는 미트라를 쓴 생 드니의 머리 위에 아홉 개의 활 모양으로 모여든 것은 중세의 악기를 든

천사들이다. 천사들은 바이올린과 호른, 프살테리움(챔발로의 전신)과 탬버린, 오르간과 심벌즈를 들고서 서로를 향해 날아오른다. 여기 사막에 누워 있으면 내 귀에 그 천사들의 음악이 들려온다. 고요한 적막 한가운데 믿을 수 없는 환호와 환희가 넘쳐흐른다. 천사들, 사막의 도마뱀, 무지개뱀, 그리고 창조의 영웅들, 모든 것이 마침내 하나로 어우러진다. 나는 닿은 것이다. 그러니 떠날 때에는 아무것도 가져갈 필요가 없을 것이다. 이미 모든 걸 가졌으므로.

· o8 ·

지금까지 내가 말해온 것에 대해 생각해본다. 그 말들, 프
살테리움, 미트라, 천사, 심벌즈 중 어느 것도 그의 사전에
는 없다. 적어도 내가 생각하는 바로는 그렇다. 그러나 그
는 나를 비웃었다.

아니, 그건 적절한 표현이 아니다. 그는 나를 웃어넘겼
다. 생각이 딴 데 가 있는 듯, 예의 그 망연한 눈길로 나를
밀어내면서. 그와의 시간은 내가 지금까지 맺은 관계 중에
가장 짧은 연애가 될 것이다. 그런데 나는 이 연애가 영원
토록 지속된 것인 양 모든 순간을 고스란히 기억할 것이다.

그는 지금 그가 아닌 다른 남자에게는 만족하지 못하도록 나를 망치고 있다. 하지만 상관없다. 그는 정말로 적절한 때에 내 삶 속으로 들어왔다. 내가 이해하지 못하는 게 많다. 우리 두 사람의 얼굴을 보면 누구라도 눈치 챌 것이다. 하지만 그의 얼굴을 보아서는 아무것도 알 수가 없다. 그 얼굴은 칠흑 같은 마노로 빚어졌다고 해도 무방하리라. 아무것도 드러내지 않는 얼굴이다. 그는 어디서 왔을까? 그는 내게 오스트레일리아 지도를 한 장 보여주었다. 늘 보던 대로 익숙한 형태의 땅이었다. 머리가 없이 잠든 황소 모양. 그런데 보통 지도에는 경계선이 그려졌을 자리에 토착민의 명칭이 붙은 채색된 지역이 보였다. 느가아냐트야라, 와율라, 피트얀트야트야라. 이미 멸종되었거나 어쩌면 아직까지 살아 있을지 모를 사람들. 내가 아는 건 그게 전부다. 각각의 명칭은 다른 언어, 살아 있거나 죽은 언어를 나타낸다. "'원주민'이란 말은 폐기해야 마땅해." 그가 말했다. 하지만 정작 자신이 어디 출신인지에 대해서는 입을 열지 않았다. 나를 이곳으로 이끌었던 관념들, 신화, 드림타임, 꿈꾸는 동물, 자신의 조상 같은 얘기를 하고 싶어하지 않았다. 그의 작품을 소개한 화랑의 안내 책자에는 그의 토템인 사막의 도마뱀에 대한 이야기가 실려 있었다. 그런데 내가 그 얘기에 대해 묻자 그는 어깨만 으쓱해 보였다.

"당신은 그런 것을 더이상 믿지 않는 건가요?"내가 물었다.

"설령 내가 그걸 아직도 믿는다 해도 그 얘기를 할 수는 없었어."

"그러니까 당신은 더이상 믿지 않는군요."

"얘기가 그리 간단한 게 아니야."

그것으로 대화는 끝나버렸다.

나는 냉정하게 객관성을 지켜보려고 애쓴다. 이 모든 상황을 누군가 다른 이, 제삼자의 눈으로 바라보려고 노력한다. 내가 누구인지, 나의 개인사, 여기에 어떻게 오게 되었는지, 내가 꿈꾸어왔던 오스트레일리아는 예전에 기대했던 바와 얼마나 판이하게 다른지, 이 나라에서 보낸 몇 개월의 시간을. 나 스스로에게 거짓말을 해왔던 것일까 자문해보지만 그렇지는 않았다. 나는 미치지 않았다. 이것이 황홀경이라면 최고로 높은 차원의 황홀경이다. 그동안 갈망해왔던 그 무엇, 반드시 지속되어야 할 필요는 없는 무엇인 것이다. 아니, 오히려 그 반대다. 그것이 지속되지 않으리라는 그 사실이 꼭 필요한 전제 조건이 된다. 누군가 나를 바라보며 내 어깨에 두 손을 얹고는 단 일주일만 있다가 떠날 거라고 말하는 것이 이른바 법에는 위배될지도 모른다. 그것은 나의 전 생애를 일주일 안에 억지로 밀어 넣을 수밖에 없는 것 같은 일이다. 믿기지 않는 일.

·09·

내가 오스트레일리아에 머문 것은 하나의 허구, 탈출이었
다. 비행기가 착륙한 그 순간에 깨달았다. 오랜 비행으로
나는 완전히 탈수 상태가 되었다. 마음이 불안했다. 비행하
는 내내 알무트는 잠을 잤고 그 무거운 머리를 내 어깨에
기대고 있었다. 그런데 마침내 잠에서 깨어나자 알무트는
내 팔을 잡아당기면서 오리온자리를 보라고 채근했다. 오
스트레일리아 하늘에 살짝 비스듬하게 걸려 있는 오리온자
리. 사냥꾼 오리온이 이미 쓰러진 듯 보였다. 흥분한 알무
트의 전율이 내게도 전해져 왔다. 그런 점에서 우리 두 사

람은 늘 달랐다. 변화에 직면하면 나는 움츠러드는 데 비해
그녀는 뻗어 나간다. 거품이 흘러넘치듯 흥분을 누르지 못
한다. 거침없이 신체 반응을 드러낸다. 비행기가 착륙하려
는데 가만 두고 볼 수 없다는 듯이, 어서 날아가고 싶다는
듯이, 게다가 나까지 끌고 가려는 듯이.

　공항 터미널에 내려서도 알무트의 열기는 잦아들지 않
았다. 공항에 흔히 배어 있는 냄새도 감지 못한 듯했다. 어
쩌면 우리가 상파울루의 방에서 그토록 오래 그려온 꿈의
나라로 갈 수 없는 게 아닐까 하는 불안감을 일으키는 그
런 문명의 냄새를. 여기는 정복자의 땅이었다. 시끄러운 콧
소리가 밴 그들의 목소리가 들려왔다. 자기들의 언어가 아
닌 다른 언어는 깔아 뭉개버린 사람들의 언어. 나는 치명
적인 실수를 저질렀다는 것을 깨달았다. 이런 기분은 이틀
이 지나고 나서야 가라앉았다. 알무트의 반응은 나와 정반
대였다. 그녀는 희열에 들뜬 기분으로 도착했고 그 들뜬 기
분이 몇 주일 동안 사라지지 않았다. 우리는 히피풍의 호텔
을 발견했다. 이 호텔에서는 직접 음식을 해먹어도 되었다.
우리에게는 취업 허가증이 없었으나 그것은 문제가 아니었
다. 오스트레일리아에 도착한 첫 주에 알무트는 이른바 물

리치료사 자리를 구했다. 물론 내게 너무 많은 것을 기대하지 말라고 경고를 하긴 했다. "난 그저 플라시보(위약僞藥 효과)를 실험해보려고 거기 있는 거야. 관절염을 앓는 할머니들이 꽤 많아. 그리고 몸이 으스러진 윈드서퍼들도 오고. 그런데 세상에나, 그 사내들 몸집이라니! 어찌나 큰지 일이 끝도 없어. 게다가 근육을 단 한 군데도 빠트리면 안 되거든. 그렇게 많은 살덩어리는 난생 처음 봐. 그 고깃덩어리를 한 점만 뜯어먹어도 콜레스테롤이 하늘을 찌를 듯 치솟고 말걸. 게다가 그자들, 덩치에 걸맞게 성욕도 장난이 아니야. 문을 열고 방 안으로 들어오는 순간 바로 풀가동되거든. 하지만 난 그쪽 길은 쳐다도 안 볼 테니까."

그 후로 몇 주일이 지나자 알무트는 결국 그쪽 길로 가고야 말았다. 그래서 잘렸다.

"넌 어쩌면 그렇게 멍청할 수 있니?"

그녀는 어깨를 으쓱했다. "난 브라질 사람이야. 내 혈통이 그런 건 아니지만 어쨌거나 좀 물들어 있었던 게 분명해. 게다가 그자들은 성격이 정말 좋거든. 그 어마어마한 거구를 어찌해야 할지 도통 모르는 거야. 젠장, 완전히 빌딩이지. 이제야 나는 '보디빌더'라는 말이 어디서 나왔는지 알게 됐지 뭐니. 그 사내들은 서핑도 하고 럭비도 하고 사막을 내달려. 절반으로 자른 버펄로를 번쩍 들어서는 바비큐 화덕 위에 턱 얹어놓지. 어디 그뿐인 줄 아니? 아주 살짝 세련미도 있단다. 물론 내가 만나본 사내들은 아니었지만. 게다가 말이지. 그 사내, 어찌나 큰지 너무 놀라서 숨이 멎는 줄 알았어. 그냥 남자가 아니라 걸어 다니는 남근의 상징이야! 그대로 시바의 사원에 비치해도 될 정도라니까. 그러면 온 마을 사람들이 공양물을 갖다 바칠걸. 그런데 다음 순간 '엄마 도와줘' 하는 듯이, 크고 푸른 눈망울의 타잔처럼 포효하지, 공짜로 말이야. 난 심장마비를 일으킬 뻔했어. 그런데 조금 있다가 매니저가 그냥 쳐들어왔지. 그래서 그걸로 끝이지 뭐."

알무트는 금욕주의자 같은 그 얇은 입술을 오므렸다. 빅토리아 여왕의 현현! "염병, 그 영국 여자가 얼마나 지독한지. '코프 양, 여기는 **점잖은** 시설이에욧!' 아, 뭐. 내 일기장에 쓸 얘깃거리는 하나 건진 셈이지. 그런데 이제 우리 뭘 하니?"

비가 내리고 있었다. 나는 해변의 카페에 일자리를 얻었다. 그러나 오늘은 출근할 필요가 없다는 전화를 이미 받은 상태였다. 계약 조건이 그랬다. 해가 없으면 일도 없다는 것. 일이 없으면 돈도 없다. 공평하다고 할 만했다.

"우리가 왜 여기에 왔는지 너 기억해?" 알무트가 내게 물었다. 물론 나는 기억했다. 우리가 이곳에 온 것은 시크니스 드리밍 플레이스에 가기 위해서였다. 그런데 우리 둘 중 누구도 그 얘기를 다시 입에 올린 적이 없었다. 그 밖의 다른 이유에 대해서도 마찬가지였다. 요컨대, 우리는 서로에게까지도 여기, 오스트레일리아에 온 것이 선주민을 보기 위해서라는 사실을 대놓고 인정하기가 어려웠던 것이다.

내 생각을 헤아린 알무트가 말했다. "우리가 이 나라를 어떻게 상상했었는지 기억 나? 드림타임을 얼마나 찾고 싶어했는지도? 예전에 우리가 그려본 사람들, 어렴풋이라도 닮은 사람을 난 지금껏 한 명도 만나보지 못했어. 간단히 말하면 그 사람들은 거기 없는 거야. 어쨌거나 우연히라도 마주친 적이 없으니까 공원에서 길 잃은 한 쌍의 영혼을 본 게 전부라고."

"그건 새로울 게 없잖아. 여기 오기 전에도 알고 있었으니까."

"그래. 하지만 이럴 거 같지는 않았어. 마치 담장 없는 수용소 같잖니? 몇 킬로미터 떨어진 곳에서도 맥주 냄새가 풍기니까."

"너 오스트레일리아 사람처럼 말하는구나. 그 사람들이 그렇게 말하는 거 수없이 들었거든…. 내가 일하는 곳에 선주민이 두 사람 있어."

"물론 주방에서 일하겠지. 접시 닦고 쓰레기도 치우면서 말이지."

"좋은 사람들이야."

"좋은 사람들일 거라고 믿어. 그 사람들에게 말을 붙여 본 적 있니? 어디 출신인지 물어봤어?"

그러나 나는 그들과 얘기해보지 못했다. 아니, 그 사람들이 내게 말을 붙이지 않았다고 해야 하리라.

내게 가장 인상적으로 다가온 것은 그들의 걸음걸이였다. 그 모습을 뭐라고 묘사하기가 어렵다. 균형이 잡히지 않아 '한쪽으로 기울었다'는 표현이 꼭 들어맞지는 않아도 얼추 비슷하다. 길고 가느다란 다리로 방을 미끄러지듯이 지나갔다. 무릎에는 혹이 많아 울퉁불퉁했다. 어쨌거나 그들은 거기에 실제로 존재하지 않는 것처럼 걸었다. 그들의 시선이 사람들을 향해있지 않다는 사실 때문에 한층 더 그렇게 보였다. '수줍어한다'는 게 합당한 말인지 모르겠지만 제대로 대화를 나눈 적은 한 번도 없었다. 다른 직원들도 말을 붙이려는 노력 따위는 하지 않았다. 언젠가 한번 내가 요리사들 중 하나에게 그 얘기를 꺼내자, 학생인 그는 "넌 거기에 지나치게 많은 의미를 부여하는 거야. 너희 같은 외국인들은 언제나 큰 기대를 품게 되지. 그렇지만 네가 읽은 것 중에 절반은 거짓이야. 그들의 세계는 더이상 존재하지 않아. 네가 여기서 보게 되는 이들은 갈라진 틈 사이로 떨어진 부류야. 자력으로 그 틈에서 빠져나와야 하지. 너희가 읽는 성소에 얽힌 그 모든 이야기들은 아름답지, 물론. 하지만 네가 할 수 있는 게 뭔데? 그들에게 벌어진 일이 끔찍했다는 건 나도 인정하겠어. 그렇지만 거듭 말하는데, 네가 뭘 할 수 있냐고? 아니, **그자들이** 뭘 할 수 있느냐고 말하는 게 나을까? 너희를 즐겁게 해주려고 몸에다 페인트를 칠하는 거? 우리가 여기에 들어온 게 아닌 것인 양 구는 거? 그들은 패배한 거야. 그게 어쩌면 치욕스럽기도 하겠지. 그렇다고 우리가 뭘 어떻게 해줘야 하는 건데? 사회적 차원에서 보상을 해주고 그들이 생각하는 성소 주변은 에둘러 돌아가야 하는 거야? 그 성소라는 땅 밑에 우라늄이 묻혀 있는데도? 지금은 21세기야. 나중에 그들이 사는 보호구역이란 델 한번 가보고 말해. 굉장히 그럴듯한 공연을 벌이지. 일종의 살아 있는 박물관이라 해야 할까. 시간을 거슬러 여행을 하게 되는 거지. 유료로 말이야. 만일 그들이 널 들어오게 허락한다면 그럴 수 있다는 거야. 내 말이 헛소리처럼 들릴지도 몰라. 그래도 내가 가장 존중하는 사람들은 '가까이 오지 마', '꺼져'라고 말하는 이들이야. 그런 사람들은 어딘지도 모를 수천 마일 떨어진 곳에서 모래 상자를 만들고 고기를 구워 먹지. 그들이 사는 세상의 바깥은 존재하지 않는 것처럼 하면서. 지난 수천 년 동안 그들이 살아온 것처럼 그렇게 말이야. 물론 그 시절에는 우리가 사는 세상이 실제로 존재하지 않았다는 게 다르긴 하겠군."

"그들의 세계는 실제로 존재했어." 내가 말했다.

"**나를** 설득시키려고 애쓸 필요는 없어. 그러나 그자들은 진공 용기 속에 살고 있는 거야. 너라고 뾰족한 묘안이 없잖아. 그건 나도 마찬가지고. 이른바 공상적 박애주의자들, 개혁가들이라 해도 별 도리가 없어. 그들을 냉동고에 넣고 영원히 보존하려는 것, 그 이상이 못 되는 거라고. 그런데 그들을 이용해서 돈을 벌어들이는 축도 있잖아. 저 박물관 큐레이터들, 화랑 주인들, 인류학자들 같은 자들이 다 그 부류지. 안 되는 거야. 시간을 거꾸로 되돌릴 수는 없는 거니까."

"괜찮다면 네 생각을 들려줘." 알무트가 말했다. "넌 그 질문, 기억하기라도 하는 거야?"

"넌 내게 우리가 다음에 뭘 해야 하는지 물었잖아."

"그건 별로 이상한 게 아냐. 그렇지 않니? 한번 주위를 둘러봐. 이게 앵글로색슨풍 슬픔의 집 아니고 뭐겠니? 난 벰 테 비(브라질 리우데자네이루의 슬럼가를 누비는 갱 두목) 얘기를 듣고 싶어. 페리퀴토(브라질 남동쪽 미나스 제라이스 주의 소도시) 소식도. 사비아(아르헨티나 풋볼 수비 선수) 얘길 듣고 싶고, 쿠아레스메이라 나무에 피어나는 보랏빛 꽃송이도 보고 싶어. 로데이오(브라질 남부 산타 카타리나 주의 소도시)에 가서는 슈하스코(쇠고기, 돼지고기, 파인애플 등을 재료로 꼬챙이에 꽂아 숯불에 굽는 브라질의 전통 요리)를 먹고, 프레보에서 파는 얼음처럼 차가운 맥주도 마시고 싶어. 바자르 13에 가서는 비키니를 사고 싶어. 히피카 파울리스타에서 할아버지가 카드 게임 하시는 것도 구경하고 싶고…."

"너 향수병이로구나."

"그럴지도."

"그렇담 시크니스 드리밍 플레이스는 어떡할래?"

"바로 그거지. 내일이야."

"거기 어떻게 갈 건데?"

"앨리스 스프링스까지 비행기로 날아가. 거기서 사륜구동을 사는 거지. 낡은 고물차로. 그걸 타고 북쪽으로 다윈까지 달려 올라가는 거야. 거기까지 가면 곧바로 열대 지역으로 들어가게 돼."

"그럼 내가 할 일은?"

"일 때려 치워. 우린 다른 일을 찾게 될 테니까. 난 이 누리끼리한 소파가 싫어. 저 그림, 오싹한 느낌이 드는 저 여자애하구 입학 첫날 저애가 타고 가는 조랑말이랑 죄다 싫어. 이 기우뚱하게 흔들거리는 플라스틱 의자도, 얼굴에 반점이 난 저 멍청한 암소도 싫어. 내 사랑, 제발 부탁인데, 제대로 된 음식 좀 만들어주겠니? 온 집 안에 아프리카 촌락같은 냄새가 풍긴단 말이야…."

"맞아. 떠나자. 우선 여행사를 찾아가는 거야. 그런 다음에 아넘 랜드로 가자."

앨리스 스프링스. 불과 몇 주일밖에 지나지 않았으나 알무
트의 말대로 "모든 과거의 시간은 현재"가 되었다. 중심 상
업지구는 윌스 테라스와 스튜어트 테라스 사이의 격자무
늬 거리로, 강이 아닌 강을 끼고 여덟 개의 블록이 늘어서
있다. 지도에 보이는 토드 강은 사실은 황토 빛깔 모래밭인
데, 말라붙은 강둑 위로 생뚱맞게 무지개다리 한 쌍과 메마
른 나무들이 드문드문 보였다. 호주 선주민 커플이 고르지
않은 갈색 잔디 위에 누워 있다. 연기가 피어오르는 모닥불
옆에 드러누운 듯한 모습이다. 나는 안자크 힐까지 차를 몰

고 왔다. 알무트는 같이 오고 싶어하지 않았다. 앨리스 스프링스의 전신국 사적지는 개척자들과 낙타들 사진으로 가득하다. 1872년에 육지의 전선이 앨리스 스프링스까지 이어졌다. 그 전선을 이어서 다윈까지 연결하고, 거기서 다시 자바로 연결했을 따름이다. 그리하여 그들은 마침내 유럽에 닿게 되었다. 전신국에는 호주 선주민 집회인 **코로보리** 사진들도 있다. 1905년에 열린 모임이다. 누군가 그 사진 밑에 "아란다 100세대, 백인 5세대"라고 휘갈겨 써놓았다. 그런데 실제로 그렇게 보인다. 나는 까만 몸 위에 그려진 신비로운 그림들을 꼼꼼히 들여다본다. 사내들, 네 명의 사내들이 뒷짐을 지고 서 있다. 그림은 빛이 바래서 그 윤기를 잃어버렸고, 구식 사진 기술로 찍은 사진이라서 풍경이 가늘고 길게 명멸하는 빛처럼 쪼그라들었다. 그런데 거기, 눈부시게 아름다운 모습의 그들이 있다. 몸에는 상징적인 문자와 나란히 이어진 하얀 점들과 뱀들, 미로와 수수께끼 같은 형상들이 빼곡하다. 그들은 거기, 사라진 지 오래인 순간 속에 서 있다. 의미들로 가득하지만 나는 그 암호를 풀 수가 없다. 사진 속 저 멀리에 앨리스 스프링스가 눈에 들어온다. 미미하고 하찮아 보이는, 마치 은하계에서 본

지구처럼 사소하고 보잘것없는 모습으로. 쉼표조차 못 되는 한숨같이. 엉성한 격자무늬 안에는 거리의 윤곽과 남쪽에서 비롯된 철로가 북쪽의 열대 지역으로 이어지기 전에 문득 멈추어버린 지점도 보인다. 그 너머로 아득한 풍경이 쥐꼬리만큼 놓여 있다. 들판과 산봉우리, 저 멀리 기억 속에 사라진 길, 다윈까지 우리를 데려다줄 똑바른 길이 보였다. 저 길에 관하여 내가 기억하고 있는 것은 무얼까? 끝도 없이 이어지는 사막, 대형 트레일러 트럭들. 트레일러가 세 개 이상 달린 육중한 트럭들은 들소와 맞닥뜨린다 해도 마치 한 마리 개라도 되는 양 들소를 길 한쪽으로 휙 내던져버리고 말 것 같아 보였다. 그리고 피범벅이 된 끔찍한 웅덩이에 빠진 사슴 한 마리. 우리는 벌건 먼지가 자욱한 스튜어트 하이웨이를 떠났다. 처음에는 땅이 딱딱하고 바퀴 자국이 깊이 패여 있어서 차가 끊임없이 튀어 올랐다. 그러다가 모랫길로 바뀌자 미끄러워졌다. 지도에 나타난 강들은 마른 하천 바닥이었다. 가는 곳마다 사나운 각다귀들이 극성을 부렸다. 나는 맨발의 사람들이 저 광대무변한 허공 속으로 걸어가는 모습을 상상해보려고 하지만 잘 되지 않는다.

정말로 속이 훤히 들여다보일 만큼 투명한 사람들이 있다. 이 말은 흑인에게도 해당되는데, 이번 경우는 어쩌다 보니 백인이다. 그리고 나이도 아주 많다. 그는 노란색 피스 헬멧(무더운 나라에서 머리 보호용으로 쓰는 가볍고 단단한 소재의 모자)을 썼다. 부챗살처럼 넓게 퍼진 턱수염과 지저분하게 뒤엉킨 흰 머리카락의 긴 가닥들이, 이걸 달리 표현할 길이 없는데, 모자 밑으로 방울처럼 흘러내렸다. 깡마른 체구에 소매가 다 해진 유행 지난 통자루같은 옷을 걸치고, 소맷부리 밖으로 길고 가느다란 손을 늘어뜨렸다. 손톱이 짐승의

발톱처럼 으스스하게 길었다. 그렇지만 흔들의자에 앉은 그 사람에게서 흘러나온 음성은 겉모습과 달리 놀랄 만큼 높고 듣기 좋은 고운 소리였다.

"이제 저 책은 덮지 그래요." 목소리의 주인공이 말했다. "앞으로 10년을 더 연구한다 해도 이해할 수 없을 거요. 난 여기서 쉰 해를 살았어도 아직 이해하지 못했소. 당신은 얼마나 많이 읽었소? 그 반족半族(부족사회가 두 개의 친족집단으로 이루어질 때 그 각각을 가리키는 말)에 대한 정보까지?"

그의 말이 옳았다. 여기 오면서 그 반족에 대해 계속 읽어봤지만 하나도 이해할 수 없었다. 아니, 그 말은 이해할 수 있었으나 그 말이 어떻게 작용하는지는 도통 알 수 없었다고 하는 편이 옳으리라. '반족moiety'이란 말이 'moitie'에서 파생되었다는 건 알고 있었다. 그러니까 그 뜻이 반쪽이라는 것. 그렇지만 그 말이 오스트레일리아 선주민 공동체에서 이루어지는 너무나 복잡한 사회생활과 무슨 관련이 있는지는 여전히 알 수 없었다. 어느 반쪽 부족 출신 사람에게 허용되지 않은 것이 다른 반쪽 부족 출신 사람들과 무슨 상관이 있는지, 또 어떤 이에게 의무적으로 부과되는 무엇이 다른 집단의 사람들과 무슨 상관이 있는지, 혹은 어째서 아넘 랜드 출신의 어떤 이는 두아 반족에 속하고 그의 아내는 이리탸 반족에 속하는지, 나아가 그것이 의식과 의례에 무슨 의미를 지니는지, 이 구분이 좀 더 작은 단위, 언어집단과 친족으로 나누어진다는 것이 무슨 의미인지, 그리하여 누구에게는 무얼 그리는 것이 허용되는지의 여부가 어떻게 결정되는지, 누가 어떤 노래의 어느 부분을 부를 수 있는지 없는지는 또 어떻게 결정되는지. 고등수학이나 일본의 의례는 여기에 비하면 아무것도 아니다. 이런 생각들이 머리만 어지럽게 해서 포기하고 말았다. 그날 아침 일찍, 박물관에서 들려오던 노래와 똑같은 노래가 들리길래 나는 걸음을 멈추고 귀를 기울였다. 알무트는 속도를 늦추지 않고 잰걸음으로 계속 걸어갔지만, 나는 그 나이 든 여인들이 모여서 부르는 애조 어린 후렴 같은 노랫소리에 매혹되었다. 노래는 끝도 없이 영원토록 이어질 것만 같았다. 지금껏 들어본 그 어떤 노래와도 달랐다. 햇빛에 살갗이 그을린 늙은 여인 둘이 햇빛에 탄 붉은 땅 위에 서 있었다. 여인들이 가죽빛 맨발을 쾅쾅 구르고 딱딱하고 메마른 땅에 작대기를 탕탕 내리치자 먼지가 소용돌이를 일으키며 피어올랐다. 땅이 돌덩어리로 이루어진 것만 같았다. 노래는 한

없이 이어졌는데, 똑같은 노래가 되풀이되고 있는 게 분명했다. 그런데 노랫말이 너무나 불가해해서 언어라고는 믿기 어려웠다. 물론 그것이야말로 중요한 부분이었다. 즉, 언어, 이야기들, 비좁은 배를 타고 바다를 건너온 조상들, 그리고 내가 서 있는 이 땅으로 건너오는 길을 노래한 조상들, 나중에 토템이 되어 그 사람들의 삶을 지배하게 된 동물과 정령들이 전부 노래에 실렸다.

"여기 앉으시오."

목소리의 주인공이 명령했고, 나는 그 명령에 따랐다. 헬멧 아래로 보이는 얼굴은 양피지로 만든 것 같았다. 하지만 담청색 눈은 빛났다. 그가 구사한 영어는 교육과 교양을 갖춘 영어였다. 50년의 세월 동안 그런 영어를 잊지 않고 지켜낸 것은 기적이었다. 오스트레일리아 사람들이 '폼pom'(Prisoner of Mother England. 'pommy'라고도 하는데 오스트레일리아나 뉴질랜드 사람들이 영국인을 경멸하여 부르는 말)이라고 부르는 사람이었다. 주름진 옷이 몸에 헐렁하게 걸쳐져 있는 것으로 보아 분명 해골처럼 말랐을 텐데, 목소리는 깡마른 몸과 대비되는 느낌이었다. 왼손 새끼손가락에는 도장이 새겨진 반지를 끼고 있었다. 그 역시 그만의 토템을 지닌 것이다.

"내 눈은 아직 좋아요. 당신이 읽고 있는 책이 뭔지 알아보았소. 그 책은 오래전에 씌어졌지. 사람들은 그 책을 걸작이라고들 하지요. 그렇지만 그 책은 당신에게 아무런 도움도 되지 못할 거요. 그 추상적인 그림을 보는 순간에 간파했소이다. 토착민의 비밀스러운 세계를 설명하려는 의도로 번호를 매기고 글자를 새겨 넣은 게 보이더군. 아주 놀랍고 정확하기까지 하지. 그건 누구와 결혼하는 게 허용되는지, 시신을 매장하기 전에 연기에 그을리는 의식에 참여해도 좋은 이가 누구인지, 다시 뼈를 묻을 때 노래를 불러서는 안 되는 이가 누구인지, 모계로부터 내려온 이가 누구인지, 부계로부터 내려온 이는 누구인지를 알려줄 거요. 얼마나 많은 세대를 거슬러 올라가야 하는지는 아무도 모르는 일이지만…. 그리고 당신은 세상에서 알아야 할 것은 모두 알게 될 거고 그걸 또 금방 잊어버리게 될 거요. 당신, 인류학자가 아니지? 그렇지 않소?"

"아니에요."

"나도 아닐 거라고 생각했소. 그 책을 처음부터 끝까지 샅샅이 읽어본들 당신은 계속 그들의 사회를 조사하게 될 테고 아무것도 알게 되는 게 없을 거요. 나는 이미 있는 상태보다 더 신비스러운 것처럼 말하려는 게 아니라오. 하지만 그게 신비스러운 것만은 **사실이오**. 아름답다는 건 말할 것도 없지. 아, 그게 어쩌면 그 사람들에게는 적용되지 않을지도 모르겠소. 프락시텔레스(기원전 350년경에 살았던 그리스의 조각가)라면 그들을 모델로 삼고 싶어하지 않을 거요…. 그 점에서는 우리도 그렇고. 분명한 건 그들이 우리가 그리는 이상적인 아름다움에 부합하지 않는다는 점이오. 물론 나는 그렇게 그들을 바라보는 시각을 오래전에 버렸소. 내겐 그들이 아름답게 보이오. 그들의 세계가 낡고 오래되었다는 사실이 그들을 아름답게 만드는 이유라오. 적어도 내게는 그렇소이다. 그들이 만들어내는 것 역시 그렇지요. 그들의 노래나 그들의 예술. 그들은 자신들의 예술을 살아간다오. 그 사람들이 사는 방식과 생각하는 방식, 그리고 만들어내는 것에는 아무런 구별이나 차이가 없어요. 우리네 역사로 보면 다소 중세 시대 같소이다. 모든 게 산산조각으로 붕괴되기 이전의 시대. 닫힌 세상에서 사는 게 더 쉽지요. 그 점이 당신네 사람들을 끌어들이는 점이라오. 이렇게 말하는 게 껄끄럽게 들리지 않는다면 말이

오. '당신네 사람들'이란 말이 그리 공손하게는 들리지 않겠지요. 하지만 나는 세상의 뒤편인 여기서 긴 세월을 살아왔소. 그 세월 동안 당신네 사람들이 해답을 찾으러 오는 모습도 지켜보았소. 모든 것이 하나로, 시로, 총체적인 삶의 방식으로 합쳐진다오. 혼란과 혼돈의 세상에서 들어오는 사람들에게 굉장히 솔깃한 얘기지요. 특히 그것이 파괴되었기 때문에, 아니, 거의 파괴되었기 때문에 그렇지. 그거야말로 모든 이가 항상 찾아다니는 바 아니던가? 잃어버린 낙원을?

그들은 끝없는 꿈을 꾸었소. 그 꿈속에서 삶은 언제까지 지속되는 영원이었다오. 아무것도 바꿀 필요가 없는 삶. 옛날 옛적에 그런 세상을 꿈꾸었던 생명체가 왔소. 그리하여 그들이 계속 꿈꾸는 게 허용되었소. 정령이 다스리는 세상, 마법으로 가득한 세상에서. 우리 같은 사람에게는, 설령 우리가 그 일부가 되고 싶다 한들 들어갈 자리가 없는 마법 같은 체계라오."

나는 아무 말도 하지 않았다. 현관의 맞은편 복도 천장에 매달린 선풍기가 제멋대로 돌아가는 소리가 들려왔다. 나는 이미 그가 무슨 말을 하려는지 알고 있었다. 그런데도 언제까지나 그 목소리에 귀를 기울이고 있고만 싶었다. 그는 야릇한 노래를 부르듯 말했다. 한탄조였지만 기이하게도 그 소리가 마음을 슬프게 만들지는 않았다. 게다가 그는 내가 듣고 싶어하는 무언가를 들려주고 있는 것인지도 몰랐다. 이 모든 것이 없어도, 설명이나 해명이 없어도 내가 해나갈 수 있다고. 그걸 굳이 이해하지 않아도 그냥 나를 흠뻑 적시도록 내버려둘 수 있다고. 예전에 자르뎅에 살 때 우리 방에서 그랬던 것처럼. 그 시절 우리는 이미지에 매혹되어 우리 자신의 존재를 잊어버릴 정도였다. 분명한 건 박물관에서 춤추던 여인들이 그 시절 우리가 빠져 있던 대각선과 그래프, 혹은 추상적인 형태와는 무관하다는 것이었다. 요컨대, 그들은 내가 수수께끼를 푸는 데 도움이 되지 못할 터였다. 그리고 나 역시 그들이 도움을 주리라는 기대는 하지 말아야 했다. 내가 꼭 기억해야 할 것은 암석에 그려진 그림들, 풍경들, 목 쉰 한 사람의 속삭임이었다. 우리가 처음으로 함께한 날 밤, 그 사람은 내가 이해하지 못할 말을 함으로써 내 삶에서 나를 꺼내어 높이 들어올렸다. 오늘 아침에 귀 기울여 들었던 노래의 가사를 이해하지 못했어도 그 노랫말은 영원히 나와 함께하리라는 것과 똑같은 이치다.

나는 책을 한쪽으로 치웠다.

"잘했소. 내가 잘 알지도 못하면서 흰소리를 늘어놓는 게 아니라오. 나는 알아요. 그 책을 바로 내가 썼으니까."

나는 그를 빤히 쳐다보았다. 책 뒤표지의 사진은 젊은 남자의 모습이었는데, 그 양쪽에 창을 든 사냥꾼 두 명이 지키고 서 있었다. 시릴 클레언스. 그는 젊은 날의 제임스 메이슨(영국과 미국에서 활동한 영국 출신 배우)처럼 보였다. 사진은 적어도 60년 전에 찍은 게 분명했다. 내가 그렇게 말하자 그는 웃었다.

"나는 아무런 후회가 없소. 내 삶의 반세기를 바쳐서 무엇이 그들의 세계를 돌아가게 하는지를 이해하려고 애썼으니까."

"그래서 알아냈나요?"

그는 대답이 없었다. 대답 대신에 책을 집어 들었다. 내가 그의 곁에 놓인 탁자 위에 두었던 책을. 그러고는 책 뒤에 달린 지도를 펼쳐서 다윈에서 100마일쯤 동쪽으로 떨어진 한 곳을 손가락으로 가리켰다. 내 눈에는 그곳으로 이어진 길이 하나도 보이지 않았다.

내가 그렇게 말하자, 그는 또 웃었다. "지금은 있소. 그게, 포장되지 않은 길이긴 하지만. 그 길을 가려면 사륜구동을 몰아야 할 거요. 그리고 계절도 맞아야 하지. 옛날에는 걸어 다녔는데. 내 친구가 그곳에 살았지요."

"이제는 아닌가요?"

"아니오. 지금은 살지 않아요. 그 친구는 살해되었소. 화가이자 사냥꾼이었지. 그가 임시 활주로를 거기다 만들었어요. 거의 맨손으로 말이오. 작은 공동체의 일원이었다오. 그들은 조상이 살았던 땅으로 되돌아가 살았지요. 성스러운 터, 성스러운 지점, 금지된 자리. 잊어도 괜찮은 게 많지만, 그런 것들은 잊지 말아야 하오. 왜냐하면 당신이 볼 수 없을지라도 거기에는 마법 같은 식물과 마법 같은 동물, 보이지 않는 단서들이 가득한 풍경이 펼쳐지는 마법 같은 세상이 존재하기 때문이라오. 당신이 알아야 할 것은 그게 전부요. 친구는 사위에게 살해당했소. 예전에 난 그를 가끔씩 찾아가곤 했다오. 친구는 내게 꽤 여러 가지 얘기를 들려주었소. 아마추어 무선으로 이야기를 나누기도 했지. 그들이 낙원에서 살고 있다고 나는 생각했었소. 그러나 내가 틀렸던 거요. 낙원은 거기에도 없었으니까. 그는 아름다운 물건을 만들었어요. 이따금씩 저 화랑 사람들 중에 누군가가 비행기를 타고 날아와서는 그걸 골라가곤 했지요. 그렇게 해서 돈을 많이 벌었소. 자신이 만든 작품이 미국의 화랑에 전시된다는 사실에는 별다른 관심을 보이지 않으면서. 자신이 그린 도상의 주제를 좀 더 세세하게 설명하고 싶다는 생각을 해본 적도 없어요. 그는 지혜로워서 자기 작품을 본 이방인들이 그 작품에 담긴 마법의 중요한 의미를 이해하지 못하거나 이해하고 싶어하지 않는다는 사실을 깨달았던 거요. 이방인들이 자기 작품을 사 가는 것은 그저 장식물로 쓰거나 투자 수단으로 삼기 위해서라는 걸 알았소. 그 밖에는 사냥으로 생계를 이어 갔어요. 그는 탁월한 사냥꾼이고 어부였다오."

"그런데 왜 살해된 거죠?"

"질투 탓이라오. 여기도 여전히 현실 세계니까. 아주 많은 변화를 감당해내려면 굉장히 강해져야만 하오. 그 친구도 강했지만 상황이 종종 어긋나게 돌아갔소. 우리 세상은 탐욕의 지배를 받으니까."

"그를 죽인 사람은 어떻게 되었나요?"

"그 지도를 이리 건네주겠소? 여기, 보이오? 끝도 없이 이어진 갈색 평원 말이오. 어디에도 길이 나 있지 않은 것도 알겠소? 수백, 수천 마일이 텅 빈 공간으로 펼쳐져 있지. 동쪽으로 백 마일쯤 떨어진 느가냐랄라 전초기지로 가는 비포장도로가 딱 하나 있을 뿐이오. 사방을 둘러보아도 광활하기만 한 빈 터여서 덤불과 범람원 외에는 아무것도 없소이다. 그들은 거기에 몇 년이든 몸을 숨길 수 있지. 그래야 한다면 말이오. 그는 늙은 어머니를 모시고 갔소. 노모는 황야에서 살아남는 법을 알고 계신 분이오. 당신이나 내 눈에는 사막 외에는 아무것도 보이지 않겠지만 그분 눈에는 물이 보이지요. 그 세상을 어떻게 읽어내는지 알고 있다면 말이오. 풀뿌리와 산딸기 열매, 잔짐승들. 어쨌거나 그두 사람은 한 번도 눈에 띈 적이 없소. 당신은 어디로 가는 중이오?"

"시크니스 드리밍 플레이스로 가요."

"무슨 특별한 이유라도?"

"네, 있어요."

"흠. 쉽지는 않겠군." 그는 지도를 손가락으로 가리켰다. "여기가 슬라이스벡 탄광이오." 그 옆에 적힌 글자는 '폐쇄'였다. "공식적으로 당신은 이 지역에 들어갈 수 없게 되어 있소. 그게 늘 문제였지. 1845년에 리하르트가 사우스 앨리게이터 협곡에 들어갔을 때도 거기 살고 있던 자오인 부족들과 많은 갈등과 불화를 겪었소이다. 그들은 그곳을 성스러운 땅으로 여기니까. 그곳을 다스리는 조상 영령들은 땅이 어지럽혀지는 걸 원치 않아요. 성소를 지키지 않으면 반드시 끔찍한 일이 일어난다는 거요. 물론 그곳이 시크니스 컨추리Sickness Country라고 불리는 것은 거기서 발견된 자연 방사능 때문이오. 성스러운 땅과 우라늄 광산은 전혀 별개의 얘기라오. 1950년부터 광산 회사들이 금, 우라늄, 팔라듐을 추출해오고 있어요. 그 밖에 뭘 더 캐내는지는 아무도 모르지요. 유해한 광산의 물과 사라져가는 동물 종들, 성스러운 땅에 대한 권리, 조상 신화와 맞서는 오스트레일리아의 국가적 채무는, 이미 폭력을 촉발할 만큼 복잡하게 서로 뒤엉켜 있소. 저 아름다운 암석화들은 굳이 말할 필요가 없겠지요. 라스코 동굴벽화는 비교도 안 되오."

바로 그때 테라스에 있던 알무트가 신문을 흔들며 보무도 당당하게 안으로 걸어 들어왔다. 그녀는 시릴의 존재를 의식하지도 않고 의자에 털썩 앉았다. 알무트를 놀라게 할 만한 게 세상에는 없었으니, 백 살이 넘은 사람과 이야기를 나누는 상황도 별다르지 않았다.

"여기, 이걸 좀 봐! 이걸 보면 네가 엉뚱한 곳에 와 있다는 걸 실감할 테니! '씨족 연장자들이 원주민에게 노래를 불러 죽음에 이르게 하다.' 난 그들이 어떻게 그럴 수 있는지 상상해보려고 무진 애를 써봤어. 그 노랫소리가 사람들을 고문하는 데 이용될 수 있다는 건 알겠어. 양동이에 물방울 떨어지는 소리가 지속적으로 들리면 사람의 정신을 돌게 만들 수도 있다고 하니까. 그렇지만 노래를 불러서? 만일 그게 오늘 아침에 우리가 박물관에서 들었던 소리와 같다면 또 모르겠군. 흐느적흐느적 윙윙대는 그 단조로운 소리 말이야. 그 소리라면 혹시 그런 효과를 낼지도. 뭐냐면, 그 소리도 나를 돌아버리게 했거든. 어떻게 네가 계속 그 소리를 그렇게 열심히 들을 수 있는지 나는 정말이지 이해 불능이야. 나지막한 그 노랫가락의 진동이 내 무릎 주위로 느껴질 정도였는데 말이야. 흡사 벌들이 웅웅대는 소리 같았잖아." 알무트는 드릴 돌아가는 소리를 흉내 냈다.

"당신 친구가 무슨 말을 하고 있는 거요?" 시릴이 물었다. "당신 나라 말이 너무 맘에 들어요. 아름답군요. 그런데 한 마디도 알아들을 수가 없으니."

내가 그에게 설명해주자 그가 웃기 시작했다.

순간, 알무트는 그제야 그의 존재를 알아챈 듯 보였다. 그녀가 미심쩍은 눈초리로 나를 쏘아보며 말했다. "넌 어디서 **저 사람을** 찾아낸 거니? 난 저런 사람이 아직도 세상에 남아 있는지 몰랐어. 꼭 영화 화면에서 불쑥 튀어나온 것같이 생겼잖아. 그런데 저 사람 왜 웃어?"

"노래를 불러서 사람을 죽게 한다." 시릴이 말했다. "정말로 그럴 수 있다면 좋겠지요. 그런데 여기서는 전혀 다른 의미라오. 결국에는 똑같은 것으로 귀결되리라 생각되긴 하지만. 그것은 누군가가 공동체의 바깥에 있게 될 때 일어나는 일이오. 무슨 이유에서든지. 다른 이의 토템을 훔쳤거나 중요한 금기를 깼거나. 그러면 여자든 남자든 공동체 밖으로 쫓겨나오. 추방 자체가 노래로 불린다오. 일단 추방되고 나면 집단 내의 그 누구도 어떤 식으로든 추방당한 자를 도와주지 못하게 되어 있어요. 죽은 목숨이나 진배없어지는 것이오. 당신들이 본, 대도시에서 배회하는 사람들은 바로 그런 이들이라오. 더이상 같은 공동체의 일원이 아니게 된 것이지요."

알무트는 아무 말도 하지 않았다. 그 이야기를 듣고 실망

한 것처럼 보였다. 자리에서 일어나더니 "또 하나의 환상이 물거품처럼 사라지고 말았군."이라고 했다. "내가 여기 오기 전에 두 사람 무슨 말을 하고 있었지?"

"슬라이스벡. 시릴은 간단한 게 아니라고 해."

그러자 알무트는 냉큼 그의 이름을 입에 올렸다. 마치 그 이름을 백 번쯤 들어본 것처럼.

"그렇담 시릴은 우리가 어떻게 하면 거기에 갈 수 있는지 말해줘야만 할 거야."

"그건 불가능하대. 거기가 아닌 다른 곳으로 가야 한다고 해. 우비르, 카카두, 누랑지에."

우리 세 사람은 지도를 꼼꼼히 뜯어보았다. 지도 위의 여기저기를 가리키는 그의 손가락이 마치 투명한 대리석으로 빚어놓은 것처럼 보였다.

"그런데 당신의 시크니스 드리밍 플레이스에 대해 우리가 어떻게 해야 하는 건가요?"

"나는 이미 치유되었소."

· **12** ·

그 다음 날, 자동차를 타고 길을 떠나며 우리는 베란다에 서 있는 그 사람을 본다. 우리가 탄 일제 털털이 고물차는 끔찍한 소음을 내지만 기분만은 하늘을 찌른다. 알무트는 마리아 베타니아(브라질을 대표하는 여가수)의 레퍼토리 절반 을 불러젖힌다. 가끔씩 줄지어 달리는 트레일러들이 우리 를 옆길로 날려버리듯 밀쳐내고 트레일러 운전수들은 웃고 떠들며 모욕적인 몸짓도 던진다. 시월이다. 그러니까 여기 서는 '젖은 시절'로 부르는 우기가 시작된 것이다. 물론 큰 폭우는 좀 더 지나야 올 테지만. 25마일을 달린 뒤 아넘 랜드 방향으로 좌회전을 한다. 알무트가 지명을 노래처럼 읊조린다. 험피 두우, 안나부로, 와일드맨 라구운. 자비루와 자자 사이의 어딘가에서 갈 방향을 고르는 것으로 되어 있는데 지도상으로는 갈림길을 찾을 수가 없다. 조금 더 지나자 도로가 흐지부지되면서 붉은 흔적만 남는다. 이 흔적이 끝도 없이 이어지는가 싶더니 우리를 둘러싼 사위가 무시무시하고 정적이 감도는 숲으로 변한다.

강가에 이르자 우리는 자동차 밖으로 나온다. 알 수 없는 소리에 정적이 깨진다. *'악어 출몰지역. 어린이와 개는 물가 접근 금지.'* 나는 번쩍거리는 검은 빛깔의 지면을, 내 발밑의 붉은 흙을, 메마른 유칼립투스 이파리들을 뚫어져라 쳐다본다. 이파리들은 활자판을 흔들어놓은 것처럼 다양한 철자 모양으로 둥글게 감기거나 휘어져 있다. 이 길에 오가는 차량은 거의 없다. 그래서 우리만 달랑 구름처럼 이는 먼지바람 속에 서 있다. 드물게 우리 쪽으로 오는 자동차도 몇 마일 떨어진 거리라서 마치 유령이나 구름 같다. 나는 행복을 느낀다. 마지막으로 우비르에 다다르면, 거기서 한 시간쯤 걸어서 그곳으로 가게 되는 것이다.

"마마." 알무트가 웅얼거린다. 나는 무슨 말인가 싶어 그녀를 바라본다. 그녀는 풍경을 손가락으로 가리키며 한쪽 팔로 나를 감싼다. 나를 보호하고 싶은 듯이. 그런데 무엇으로부터 보호한다는 거지?

"모든 게 너무 오래되었어." 그녀가 마침내 입을 연다. "그래서 나 역시 오래된 기분이 들어. 내가 여기에 영원히 존재해왔던 것처럼 느껴져. 시간은 아무것도 아니지. 그냥 방귀 같은 거. 누가 한 번만 훅 불어도 우리를 날려버릴 수 있을 거야. 천 년의 세월이란 게 뭔데? 그건 아무것도 아니야. 만일 우리가 다시 오게 된다 할지라도 우리 자신을 알지 못할 거야. 두뇌는 예전과 같겠지만 소프트웨어는 다를 테니까. 헛소리가 아니야. 왜냐하면 아보스(오스트레일리아 선주민을 무시하는 비어)들 눈을 너무나 오랫동안 응시했거든. 그게 신경 쓰이지 않니? 천 년의 세월 동안, 아니, 심지어 만 년의 세월 동안 똑같은 눈이고, 똑같은 풍경이란 게. 그들은 그들 고유의 영원 속에서 살아. 하지만 그 누구도 그렇게 오랜 세월을 견뎌낼 수는 없어." 잠시 후에 알무트는 웃으며 이렇게 덧붙인다. "너무 엄숙하게 굴면 쫓겨나지." 하지만 그녀가 맞다. 돌도 나무도 바위도 오래된 유물처럼 태곳적 분위기로 우리를 밀어낸다. 관심을 돌릴 만한 사람의 소리는 하나도 들리지 않고, 침입자가 된 우리는 돌에서 뿜어 나오는 섬뜩한 빛 때문에 기겁을 하며 도망치고 만다. 그러니 그들이 이 지역을 성소라고 여기는 게 당연하다. 떨기나무들의 두런거림, 눈에 보이지 않는 생명들의 살랑거림. 여기가 그들이 살았던 곳이다. 이렇게 툭 튀어나온 바위 아래 쉼터를 찾아다니며, 낭떠러지 옆으로 내려가면서, 머리 위 높은 곳에다 자신들이 얹혀사는 동물들을 그렸다. 나중에 나는 그 이름을 하나씩 써본다. **바라문디** 큰 물고기, **바쟈랑가** 긴목거북이, **칼레칼레** 메기, **부쥬두** 이구아나.

"난 누워야겠어." 알무트가 말한다. "목이 뻐근해지기 시작해."

나도 그녀 곁에 눕는다.

"너, 시스티나 성당에서는 이렇게 할 수 없으니 너무 안됐다." 그녀가 이렇게 말하는 사이 나는 어느새 꾸벅꾸벅 졸고 있다. 마치 미케네의 거대한 도자기 안에 누워 있는 기분이다. 강 하류로 헤엄치는 상상 속의 물고기, 한없이 섬세한 도공의 솜씨, 물고기 옆에 그려진 아주 작고 하얀 형상들은 너무나 소박하고 미미해서 거기에 실제로 있는 게 아니라고 말하는 듯하다. 바라다보면 볼수록 낭떠러지가 수백 가지 색깔로 이루어져 있음을 알게 된다. 날씨, 침식, 곰팡이, 시간, 그 모든 것이 이 돌처럼 단단한 표면에 뿌리를 내렸던 것이다. 그 위에 정말로 살아 있는 실체의 이미지가 그려졌다. 그 이미지는 한 사람 속으로 스며들어야 했다. 그리하여 대지의 빛깔로 다시 탄생했다. 부동의 시간 속에 기록되고 새겨졌다.

나는 무언가 말하고 싶다. 하지만 그걸 말로 옮길 수 있을지 자신이 없다. 알무트가 방금 말했던 것에 대해, 시간이란 그저 방귀에 불과하다고 한 말에 대하여 무슨 말이든 덧붙이고 싶지만, 그런 걸 밖으로 발설할 수 있는 사람은 오직 그녀뿐이다. 내가 무심코 입 밖에 내뱉으면 어지럽고 과장된 소리가 될 뿐이다. "시릴이 한 말에 따르면," 내가 말한다. "이 암석화는 2만 년 전 것이래. 2만 년이란 그냥 동그라미를 이어 붙인 숫자가 아닌 거야. 옷감처럼 촉감이 느껴지는 어떤 것, 내 등에 걸친 옷의 짜임새 같은 거지. 내 눈으로 볼 수 있고, 나도 그 연속선상에 존재하는 거. 마법사의 마술 보자기처럼 시간을 제거하고, 시간을 폐지하고, 시간이 무효라고 선언함으로써 물이나 공기처럼 우리가 어디에 있든지 자유롭게 들어갈 수 있는 그 무엇으로 바뛰놓아. 단순히 우리가 속해 있는 시간이 끝을 향해 치닫는 것만은 아니도록."

"워워, 잠깐만!" 알무트가 막아선다. 이때는 이미 우리가 몸을 일으켜 낭떠러지 위의 망루 쪽으로 걷고 있다. 우리 발 아래 풍경은 가시 세계의 끝까지 펼쳐진다. 그것은 꿈의 풍경이다. 신들의 형상으로 가득 차 있어야 마땅할 풍경. 맹금류 한 마리가 풍경을 뒤덮었다. 이 풍경을 지키는 유일한 수호자라도 되는 듯 미동도 하지 않는다. 다른 새들, 흰 새들이 숲 끄트머리의 늪 같은 웅덩이에 둥둥 떠다닌다. 바로 밑, 바위들 맨 아래쪽에 뾰족한 피라미드 모양의 흰개미 흙무더기가 눈에 들어온다. 풀처럼 밋밋한 모래종려나무와 허물어진 사원의 나무토막 같은 바위도.

"너를 놀린 게 아니야." 알무트가 말한다. "네 말이 무슨 뜻인지 알아. 난 단지 그걸 꼭 그런 말로 옮기고 싶지 않았을 뿐이지. 그건 멜랑콜리와 모종의 관계지만 승리의 환희와도 관계가 있거든."

"그래." 내가 말한다. 그런데 나는 그 승리라는 게 설령 찰나일지라도 깨달음에서 온다는 것, 비록 한순간일지라도, 우리가 유한하지만 동시에 무한한 존재라는 깨달음에서 오는 승리의 환희심이라는 말을 덧붙이고 싶다. 하지만 말하지는 않는다. '시간은 방귀'란 말이 훨씬 더 발랄하다. 그리고 그건 결국 같은 지점으로 귀결되는지도 모른다. "당신이 앞으로 보게 될 풍경은 6천만 년 된 풍경이라오." 시릴은 이렇게 말했었다. 옐로우 워터, 앨리게이터 리버, 잿빛 칼라, 이끼 푸른 습지에서 자라는 얼룩덜룩 흰 고무나무들, 죽은 강의 흔적들, 괴물이 땅을 덥석 물어뜯어 피를 뚝뚝 듣는 낭떠러지. 우리는 볼 만큼 본 것이다. 이제는 떠나야 할 때다. 옛날, 오래전에 우리는 상파울루의 방에서 이 여행을 떠났다. 이제, 드디어, 우리는 도착했다.

13

그 방을 떠나지 않고서 얼마큼 생각할 수 있을까? 나는 머릿속으로 여행을 떠났다가 다시금 출발했던 그 자리, 고요 속으로 되돌아왔다. 화랑에서 그 남자, 지금 내 곁에 누워 있는 이 남자를 만난 사람은 이제 여섯 달 전에 시드니에 온 사람이 아니다. 나는 "난 이제 예전의 내가 아니야." 라고 말해야 한다는 생각이 든다. 그리고 그렇게 말할 수 있으면 좋겠다. 그러나 나와 내 자아 사이에는 틈이 생겨 버렸다. 그런데 아직 그 사이를 어떻게 메워야 할지 방법을 찾지 못하고 있다. 알무트는 "넌 사랑에 빠졌어. 아주 간단해."라고 말하지만 나는 사랑에 빠진 게 아니다. 그보다 훨씬 더한 무엇인 거다. 나는 차츰 무언가를 포기하는 동시에 무언가를 얻어가고 있다. 이 남자 곁에 남아 있지 않을 것이다. 그가 나와 함께하지 않을 것이므로. 그는 처음부터 이 점을 분명히 했다. 그런데 그것 역시 그 틈과는 상관없다. 그는 다만 자신이 그린 그림처럼 접근 불가인 것이다. 그의 그림을 벽에다 걸어둘 수는 있다. 그건 어떻게 해도 괜찮다. 그러나 그런다고 그 그림이 내 것이 되지는 않는다. 절대로 그렇게 되지 않을 것이다. 왜냐하면 그의 그림들은 우리가 절대 다가갈 수 없는 데서 오는 것이기 때문이다. 문제는 내가 그의 세계에 맞지 않다는 게 아니다. 혹은 그가 어디에서 왔든지 자신이 속한 세상으로 나를 데려가고 싶어하지 않는다는 것도, 그가 나를 부끄러워하는 것도, 이유가 무언지 모르겠지만 나를 자기와 가장 가까운 사람들에게 소개하지 않으리라는 것도 다 문제가 안 된다. 그가 나를 평범한 여행자인 양 호주 선주민의 삶이 극장처럼 드러난 자리에 데리고 갔다는 사실 역시 문제는 아니다. 오지 음식과 디저리두(오스트레일리아 선주민의 악기), 모닥불과 다윈의 박물관에서 보았던 춤과는 전혀 닮은 데가 없는 어설픈 춤들을 선보이는 장소. 그것은 그가 나를 과소평가했거나 아니면 모욕했다는 뜻이다. 물론 그는 말을 하지 않기에 그 말을 한다는 게 아무 의미가 없기는 하다. 상관없다. 아마도 그는 무언가를, 차라리 내가 모르는 편이 나을 무언가를 명확히 해두려고 애쓴 것인지도 모른다. 그러나 밤이 내리고, 허튼짓이 멈춰질 때, 우리는 다시금 침묵과 지독히도 빈곤한 말 속에 갇혀 외롭다. 나는 말이 이렇게 없을 수 있는지, 그 말과 말 사이의 틈이 이토록 아득할 수 있는지 정말 몰랐다. 하지만 그건 괜찮다. 아니, 정말 괜찮은 걸까? 포르노 없는 포르노 사진이라는 게 있기나 한 걸까? 시각 이미지 없이 단순히 머릿속 상상만으로 가능한 걸까? 정신적으로 혹은 어떤 상황에서 순수한 포르노 사진이라는 게 있어서 그 속에서 거짓이 몸짓이나 키스, 애무, 절정을 다른 무언가로, 불경하고 뒤틀린 무언가로 변하게 하는 게 가능한 걸까? 나는 이런 생각을 한다. 그러면서도 여기에 누워 그가 좀처럼 하지 않는 말을 한 마디라도 해주기를 기다린다. 그가 다시 나를 만져주어 이런 상념을 잊을 수 있게 해주기를.

알무트는 내 안의 '문명에 오염되지 않은 고결한 야만인'

에 대해 한마디 했다. 그리고 몇 년 만에 처음으로 나는 그녀에게 몹시 화가 났다. 그녀가 던진 모욕 때문이 아니라 이해가 없다는 것에 대해. 늘 내 기분을 이해해주던 그녀였다. 그런데 나는 돌연 그녀를 잃고 말았다. 그것은 사랑에 빠진 것과는 무관하다. 그보다 훨씬 더 끔찍한 것이다. 더 불경스럽고 더 뒤틀린 것이다. 만일 내가 무언가를 사랑한다면 그것은 낭떠러지이거나 혹은 드넓은 사막이다. 그 모든 것이 그의 그림에서 비롯되었다. 나는 거기, 그의 그림 앞에 서 있었다. 어떻게 이해해야 할지 모른 채로. 그림은 내가 알무트와 여행하는 동안 보았던 그 무엇과도 달랐다. 그림 속에는 아무 형상도 없었다. 아무리 기이해도 형체의 흔적이라도 있었더라면 어떤 식으로든 알아보았을 것이다. 그림 속에 형체는 없고 도전적이고 관통할 수 없이 불가해한 암흑이 보였다. 그 암흑에서 스며 나오는 희미한 불빛도 보였다. 그러니 내가 그 암흑 속으로 빨려 들어간 것은 모순이다. 그 후에 이 그림의 작가에게 끌려들어간 것 역시 마찬가지다. 그러나 이 말 중 어느 것도 당면한 문제에 근접하지 못한다. 외부인에게는 평범하기만 해 보였을 게 틀림없다. 혼자서 관람할 때 한 작품을 아주 오래도록 응시하면 주위를 둘러싼 온갖 것들이 걸러지게 된다. 목소리도, 사람도. 그리고 '먹장구름처럼' 같은 금기시된 말을 떠올리면서 그것 역시 말끔히 몰아낼 수 있기를 바란다. 그때의 폭력과 공포와 두려움을. 그런데 다시 그 시커먼 구름 속으로 빨려 들어가는 느낌이다. 어린 시절 동경의 대상이었던 나라에 와서 그 나라를 누비고 다니며 여행한 것이 맞나 싶게, 오직 이 그림을 향해 곧장 달려온 것만 같다. 살풀이 하듯이. 나 자신을 그 금기 속으로 빨려 들어가도록 내맡길 때에만 일어나는 살풀이. 눈물이 볼을 타고 흘러내린다. 관람객들을 등지고 선 탓에 아무도 내 눈물을 볼 수 없으니 다행이다. 이쪽을 보고 있는 관람객이 있더라도 그들 눈에는 내가 서 있는 쪽으로 다가오는 화랑 주인의 모습만 들어오리라. 화랑 주인은 내게 다가와서 이렇게 말한다. "저 그림에 상당한 관심을 보이는 것 같군요." 내 눈물을 눈치 챈 화랑주가 "그 화가를 소개해드리지요"라고 얼버무리며 후다닥 뒤로 물러난다. 그리고 나서 한참이 지난 후에야 화가를 데리고 나타난다. 내 눈에서 눈물이 다 말라버린 뒤에. 그런데 화가가 내 앞에 다가서자 또다시 눈물이 솟아오른다. 그는 그 자체로 자기 그림이기에. 치유의 고통과 관련된 모든 것이기에. 내가 이해하는 바는 그 정도이다. 나는 아무 말도 하지 않는다. 알무트에게조차. 아무런 기대도 없다. 이미 치유의 고통 속에 나 자신을 내맡겼으므로. 화랑 주인이 그에게 무슨 말을 한 게 분명하다. 왜냐하면 그가 거기 내 앞에 한 마디 말도 없이 서 있었기 때문이다. 수줍음 때문이었는지 아니면 생각이 아득히 먼 곳에 가 있었기 때문인지 분간할 수가 없었다. 지금도 여전히 분간이 안 된다. 때로 나는 그가 나를 바라보고 있지 않다고 생각한다. 나를 어루만질 때나 나와 섹스를 할 때조차. 그에게 나는 보이지 않는 투명 인간이다. 영혼도 없는 존재, 단순한 형태, 혹은 형상에 불과하다. 그리고 그 부분은 그가 옳다. 우리가 하는 게 아무런 실체가 없는 것처럼, 그가 미리부터 단언한 떠남의 흔적이 모든 것에서 느껴지는 것처럼. 그의 오랜 침묵, 그의 고요, 내가 그토록 간절히 바라봐주기를 원하는데도 한사코 나를 바라보기를 거부하는 그의 태도에서 그런 흔적이 느껴진다. 그리고 내가 그의 눈에 보이지 않으리라는 것을 안다. 그 그림을 본 바로 그 순간, 나는 그 모든 것을 알아버렸다.

애기해야 할 게 있다면 그게 전부이다. 그가 내게 허락한 일주일이 이제 거의 끝나간다. 그날 밤 막바지에 이르자, 술에 취한 화랑 주인이 내게 말했다. "당신에게 그를 빌려주는 것뿐이에요. 그를 잘 돌봐주세요. 그리고 부디 그에게 자기 그림에 대한 질문은 하지 말아요. 그 사람은 그림에 대해 설명할 수 없어요. 그건 너무 복잡해서 설명할 수가 없답니다. 터부, 비밀, 토템. 그 모든 세계를 모르는 편이 지내기에 더 편할 겁니다." 화랑 주인은 우리에게 포트 윌룽가에 있는 바닷가 통나무집 열쇠를 건네주었다. 첫날 우리는 바닷가를 따라 걸었다. 한없이. 밀물이었다. 밀려드는 파도가 바로 코앞에서 으르렁대는 느낌이었다. 내 곁에서 말없이 걷기만 하고 있는 인물을 대신해주기라도 하듯이. 때때로 그는 손가락으로 새를 가리키며 그 이름이 무언지 알려주었다. 그 외에는 단 한 마디도 하지 않았다. 처음의 짧은 발언, 나를 쳐다보지도 않고 내뱉은 그 말은 흡사 독립선언 같았다. "주말이 오면 내 무리들에게로 돌아갈 거"라던 그 말. 그 무리들이 오스트레일리아의 어느 지역에 사는지도 말해주지 않았다. 우리는 어둠이 내릴 때까지 걸었다. 그러고는 다시 통나무집으로 돌아왔다. 그는 자연스러웠다. 예전에 여기에 온 적이 있었던 게 분명했다. 분명 다른 여자들과 함께. 그는 전등 스위치를 켜지 않고 쫙 펼친 손가락을 내 목덜미에 얹었다. 더할 수 없이 가벼운 접촉이었으나 그의 손가락에 굳은살이 어느 정도 박혀 있는지 느껴졌다. 아주 살짝 만졌는데도 온몸이 위로 들어 올려지는 느낌이었다. 다음 순간 나는 내 몸이 살살 흔들리고 있음을 깨달았다. 달리 이를 표현할 길이 없다. 어르는 듯 흔들림이 한없이 이어져서 밀려드는 파도 소리에 섞였고, 부풀어 오르는 바닷물에 스며들었으며, 그 바다의 품이 나를 감싸 안았다. 그러다가 마침내 물결에 떠내려가서 더이상 존재할 필요가 없게 된 듯한 느낌이었다. 다음 날 아침 눈을 떴을 때 그는 없었다. 창밖을 내다보았다. 이른 아침 햇살을 받으며 앉아 있는 그의 모습이 보였다. 모래 속의 검은 실루엣이 바위처럼 미동도 없이 앉아 있었다. 그 순간, 나는 깨달았다. 내가 어떤 기억을 다른 기억으로 대치했다는 것을. 그리고 이 새로운 기억은 그전의 기억이 그랬듯 아무런 평화도 남겨주지 않고 떠나갈 것임을. 나는 다른 누군가의 마음속에 존재하게 되리라. 그 마음속에서 내가 누군지도 모른 채로. 과거의 나였더라면 이를 참을 수 없었을 테지만 이젠 상관없었다. 이제 나는 내가 누구인지 아니까. 예전에 이상한 충동에 이끌려 어머니에게 임종의 순간에 무슨 생각을 하고 싶은지를 물어본 적이 있다. 어머니는 바로 대답하지 않았다. 그냥 고개만 가로저었을 뿐. 잠시 후에 입을 뗀 어머니는 "말하지 않은 채로 내버려두는 편이 더 나은 것도 있단다"라고 했다.

"자기 딸인데도 말해줄 수 없는 거예요?" 내가 물었다.

"내 딸이니까 더 그렇지." 엄마의 대답이었다.

포트 윌룽가에서 며칠을 보낸 뒤 우리는 이상한 데로 갔다. 보호구역이었는데, 그곳에서 호주 선주민인 양하며 놀았다. 끔찍하게 들리겠지만 사실이 그랬다. 왜 그가 나를 그곳에 데려갔는지 모른다. 그러나 적어도 이제 나는 사막에서 어떻게 먹을 것을 찾아내는지 그 요령은 안다. 그리고 온전한 고요가 어떻게 자신을 고요 그 자체로 바꾸어놓는지도 알게 되었다. 나를 보고 놀란 사람은 아무도 없었다. 그건 아마도 그가 전에도 다른 사람을 그곳에 데리고 왔었기 때문일 것이다. 나는 악의 없이 하는 허튼짓을 가볍게 털어버리고 내 안으로 숨어드는 연습을 했다. 이런 데 능숙하니까. 그들은 그가 속한 무리가 아니었다. 그에게 영어로 말하는 것으로 보아 같은 언어를 쓰는 무리 출신도 아니었다. 그가 미소 짓는 모습을 보았지만 그것은 나에게 짓는 미소가 아니었다. 그 주에 내게 벌어졌던 일을 그에게 말해 볼까도 생각했으나 내 먹장구름은 절대로 그의 것이 될 수 없었다. 떠날 때 나는 그것도 껴안고 가야 하리라. 구름 하나가 또 다른 구름을 지울 수 있듯이 그것을 내 남은 생애 안에 버무려 넣으리라. 어떻게 될지는 지켜볼 뿐이다. 우리 가 함께하는 마지막 밤이다. 나는 먼지와 때가 낀 통나무집의 바닥을 손바닥으로 문지른다. 그 느낌이 종이처럼 단단하고 건조하다. 이 나라는 모든 게 내 나라와 다르다. 바깥에는, 새벽의 여명이 세상 위로 너무나 강렬하게 콸콸 흘러넘쳐서 눈이 아플 지경이다. 빨간 물감. 피. 나는 몸을 뒤척여 그를 바라본다. 그는 아직 잠들어 있다. 그도 그냥 하나의 형상일 뿐이다. 나는 그를 번쩍 들어 올려 그와 함께 날아가고 싶다. 이 나라의 저 광활한 공허 속으로, 그가 온 곳으로, 그가 속해 있고 나는 속해 있지 않은 그 세상으로.

"너희 둘 그래도 웃음은 많이 나누었겠지?" 알무트가 물었다. 그녀가 그렇게 물어올 줄 알았다. 내게 몹시 화가 나 있다는 것도. 웃음이 전혀 없다면 뭔가 잘못된 것이다. 적어도 알무트의 사전에 따르면 그렇다. 나는 애들레이드에 홀로 돌아왔다. 포트 윌룽가의 통나무집에서 보낼 날이 아직 하룻밤 더 남아 있었는데, 알무트는 그 집을 보고 싶어했다. 똑같은 해변, 똑같은 바다, 똑같은 새들이었다. 물론 이제는 그 새들의 이름을 안다. 우리는 소박한 레스토랑 안에 마련된 모래언덕 위에 올라가 앉았다. 레스토랑 이름은 '그리스의 별'이었다. 예전에 그런 이름의 배가 이곳에 난파된 적이 있어서 붙여진 이름이다. 때는 다시 밀물이었다. 밀려오는 파도는 아직도 할 말이 많았다. 나와 달리. 알무트는 내가 모든 것을 말해줄 때를 기다리고 있었다. 우리 둘 사이의 밑바탕에는 늘 나눔이 자리 잡고 있었으니까. 우리는 서로에게 비밀이 없었다. 그러나 나는 그녀에게 말해줄 수 없으리라는 걸 알았다. 아직은 아니었다.

"이번 주에 뭐했니?" 결국엔 내가 그녀에게 물었다.

"나? 매일 밤 파티 했다, 됐니? 아니… 다음에 뭘 해야 좋을지 고민하면서 시간을 다 보냈어. 네가 다시 돌아올지 어떨지 몰랐거든."

"내가 주말에 돌아올 거라고 했잖아?"

"그래. 하지만 네 표정을 보면 그 정반대 뜻일 수도 있었어. 다시는 돌아오고 싶지 않다는 표정 말이지."

내가 어깨를 으쓱하고 말자 그녀는 분통을 터뜨렸다. 이런 경우 최상의 대응책은 태풍이 지나가기를 얌전히 기다리는 것이다.

"우리에게 문제가 있다는 걸 왜 인정 못 하는 거지? 우선 돈이 바닥났어. 물론 그게 중요한 건 아니겠지. 난 네가 어떻게 지내고 있는지 몰랐어. 난 그런 데 익숙하지가 않아. 걱정했단 말이야. 그 사내가 나를 본체만체했기 때문은 아니야. 그자가 너 역시 보지 않는다고 생각했기 때문이지. 그 사람 작품은 아름다워. 네가 그렇게 미치도록 좋아하는 그 그림이 특히 그래. 그림 제목은 까먹었지만 그 제목을 '지옥의 문'이라 붙인다 해도 그렇게 이상하지 않을 걸. 그 사내가 절대로 웃지 않는 것도 당연하지. 사실 그들 중에 누구도 웃는 걸 본 적이 없으니."

"그들이라고?"

"그래, 미안해. 하지만 앨리스 스프링스에서 네가 잠들어 있었던 어느 날 밤, 난 혼자 쏘다니다가 길을 잃고 말았어. 네게는 말하지 않았지만."

"무슨 일이 있었어?"

"아무 일도 없었어. 그런데 어쩌다 보니 거구의 사내 셋을 눈앞에 맞닥뜨리게 되었어. 그 사내들이 걸음을 멈추었고 나도 멈춰 섰지. 사내들 입에서 지독한 맥주 냄새가 났어. 그게 다야. 그자들은 꼼짝없이 서서 나를 뚫어질 듯 노려보았지. 결국 내가 발길을 돌려 그 자리를 벗어났어. 그게 다야."

알무트는 잠시 말을 끊었다가 한 마디 덧붙였다. "그건 너무나 슬펐어."

"그런 슬픔은 상파울루에서도 보잖아."

"아니, 그건 달라. 무엇보다도 상파울루에는 항상 웃음이 있으니까. 상황이 아무리 끔찍하더라도 그래. 우리 노예들은 아프리카에서 왔어. 그러니까 어떻게 춤을 추는지 정도는 알잖아. 제대로 된 춤 말이야. 그런데 여기서 삼바 스쿨을 상상할 수 있겠니? 하지만 내가 하고 싶은 말은 그게 아니야. 너무나 무기력하다는 거지. 너 그루초 막스(미국의 코미디언이자 위트의 대가였던 영화 스타)가 했던 유머 알아? '우리는 낭떠러지 끝에 서 있었어. 그 다음에 앞으로 힘껏 도약했지.' 그런 것조차 그들에게는 허용되지 않았던 거야. 그들은 낭떠러지에 다다르기 한참 전에 벌써 낚아채인 거지. 어쨌든 그 절반은 가짜야."

"뭐가 가짜야?"

"모든 게 그래. 과거에 그들은 자기 몸에다 물감을 칠했어. 아니면 모래 위에다 그림을 그렸지. 그건 나름의 의미가 있었어. 그런데 좀 지나면 사라져버려. 바람 한 자락만 불어와도 그런 그림은 휩쓸려 지워지고 말아. 아무것도 팔지 않았어. 내가 만일 그림이 그려진 나무껍질 한 조각을, 예전에는 죽은 자에게 바쳤던 채색한 나무껍질 한 조각을 산다 한들 그게 가치가 있다고 어떻게 믿을 수 있겠니? 한 사람이 그런 걸 얼마나 많이 만들 수 있는 건데? 그러고 나면 무슨 일이 생기는데? 그 사람들, 비밀인지 뭔지 하는 걸 들고 거기 덤불숲에 나와 앉아서 새로운 화랑 주인이 돈 가방을 들고 나타날 때까지 또 기다리는 거야? 간이 활주로에 파이퍼 컵(다목적 경비행기)이 내릴 때를?"

"너 실망했구나."

"그럴 리야. 그런데 내가 옳을지도 모르잖아."

"우리의 소중한 꿈이 산산이 부서져버렸기 때문이니? 그래도 일주일 전에 우비르에 있을 때 넌 황홀경에 빠져 있었어. 벌써 잊어버린 거야?"

"아니, 잊지 않았어. 하지만 웬일인지 그 모든 게 불행해질 운명이라는 예감을 떨쳐낼 수가 없어. 그런데다 네가 그렇게 사라지고 나니까…."

"난 사라지지 않았어."

"그래, 그건 아니지. 하지만 넌 끔찍할 만큼 불행해 보였어…."

"난 불행하지 않았어. 난 그저… 잠시 딴 생각을 했던 거지. 뭘 좀 해결하려고 말이야."

알무트는 한 손을 내 팔 위에 얹었다. "좋아. 이제 질문은 그만할게. 미안하다. 하지만 적어도 넌 나를 웃게 해줄 수 있잖아. 농담 하나만 해봐. 그러면 내게 생긴 새 소식을 들려줄게. 우리에게 제안이 하나 들어왔는데 그 얘길 들으면 넌 틀림없이 웃고 말 테니까. 아무튼 나는 그러길 바란다구. 어쨌거나 농담을 먼저 해줘."

"**마쿠.**"

"**마쿠.**" 알무트가 따라 했다. "어느 지점에서 웃어야 하는 거지?"

"그 뜻이 뭔지 알게 되는 순간에."

"그럼 문장으로 말해봐."

"'저 멀리 사막에서 난 맛있는 **마쿠**를 먹었어.' 위체티 그럽, 즉 박쥐나방의 애벌레와 딱정벌레들이야. 이런 벌레들은 **트알라**, 꿀단지개미랑 멀가나무 근처에 가면 보이지. 비가 온 다음에 멀가나무 밑둥을 파보면 마쿠가 나오거든. 꿀단지개미들은 개구리만큼 부풀어 올라. 불룩한 몸 안에 노르스름하고 구역질이 날 만큼 달콤한 꿀물이 소복하지. 이

꿀물은 일개미들에게 중요한 거야. 일개미들이 다가와서 땅 밑의 마쿠를 빨아올려. 알겠지, 내가 많이 배웠다는 거. 나를 사막으로 보내 보라고. 거기서도 난 살아남을 테니까. 자, 이제 그 제안이 뭔지 말해보지 그래?"

"퍼스에 있는 거야. 멀리 떨어진 곳이지만 우리 고물차가 거기까지 갈 정도는 된다고 생각해. 거기서 연극 두 편이 공연되고 문학축제가 열릴 거야. 행사를 주관하는 이들이 지금 천사를 구하고 있어. 아니, 천사 복장을 하고 나설 엑스트라를 찾고 있다고 해야겠지."

"연극에서 연기를 하는 거야?"

"그건 아냐. 내가 제대로 이해한 건지는 모르겠는데, 그 사람들이 설명한 바에 따르면 축제가 열리는 동안 천사들이 도시의 곳곳에 숨어 있게 될 거래. 사람들이 돌아다니면서 그렇게 숨어 있는 천사들을 찾아다니는 거고."

"우리가 할 일이 뭔데?"

"아무것도 할 건 없어. 그들이 우리에게 날개 한 쌍을 주는 거야. 그리고 일주일 동안 날마다 우리를 교회나 오래된 집, 혹은 은행 같은 은신처로 데려다주면 그냥 거기서 하루 종일 꼼짝 않고 숨어 있으면 돼. 사람들이 우리를 찾아내도록 말이지. 어쨌거나 이건 전부《실낙원》과 관련되어 있어."

"그 책을 한 번도 읽은 적이 없는데. 아니, 가만있어 봐, 학교 다닐 때 의무적으로 읽어야 했잖아. 하지만 내용을 거의 다 잊어버렸어. 불칼을 들고 아담과 이브를 낙원에서 쫓아내는 천사가 있긴 했는데."

"그래, 그건 맞아. 사탄도 있었고. 신에 대한 사탄의 증오를 다룬 최초의 책이지. 이건 영원히 계속되는 주제고. 그 다음엔 이브가 나오는데, 자신이 사과를 먹어야 한다고 생각하는 인물이야. 모든 게 너무 슬퍼. 그런데 정확하게 무슨 일이 일어나는지는 기억이 안 나. 자세한 사연은."

"나도 그래. 그러니까 사람들이 우리를 찾아내면 어떻게 해야 해?"

"사람들이 우리에게 말을 붙이는 건 금지야. 당연히 말을 걸어오겠지. 그래도 대답을 하지 못하도록 되어 있어. 게다가 완전 부동자세로 죽은 듯이 있어야 해. 아무튼 보수는 좋아."

"이런 얘기 어디서 들었니?"

"여기 신문의 연극난에 광고가 실렸더라. 내가 전화를

걸어봤지. 오디션을 열 계획이래. 넌 분명히 합격할 거야. 그런데 난 좀 힘들겠지." 알무트는 자기 젖가슴을 손가락으로 가리켜 보였다. "너 천사 가슴이 이렇게 큰 거 본 적 있냐?"

· 15 ·

그리하여 이제 나는 천사다. 그건 어렵지 않았다. 감독은
줄지어 선 무리 속에서 나를 바로 뽑았다. "문제는 말이죠,
쥐 죽은 듯 누워 있어야 한다는 거예요." 그녀가 조수 쪽으
로 고개를 돌리며 "이 사람은 아주 작아서 윌리엄 가의 그
건물 장식장 안에 들어가도 맞을 거야. 글레든 아케이드 옆
에 있는 거 말이야. 메모해 둬."라고 덧붙였다.

그러고는 내게 "꼼짝 않고 누워 있을 수 있겠어요? 꼭 그
렇게 해야 하거든요."라고 재차 물었다.

나는 그건 문제없다고 대답했다. 어쨌거나 내겐 생각거

리가 넘쳤으니까. 알무트도 당당하게 합격했다. 가슴을 감추려고 갖은 노력을 다하고 왔지만 그럴 필요가 없었다. "저 사람은 윌슨 주차 빌딩 맞은편에 있는 왕립극장 지붕에 데려다놓으면 되겠어. 두 시간 동안 공중에서 칼을 들고 있어도 될 것같이 생겼잖아."

어제는 우리의 첫날이었다. 간밤에 알무트는 너무나 피곤해서 아무 생각도 할 수 없을 정도였다.

"그 끔찍한 햇빛 아래서 온종일 서 있어야 해. 그래도 전망 하나만은 끝내주더라. 그런데 말이지, 난 사람들을 바로 가까이에서 볼 수가 없어. 넌 어때?"

"나도 안 보여."

내게는 사람들이 보이지 않는데 소리는 들린다. 사람들이 계단을 어떻게 올라오는지 열심히 듣는다. 계단을 올라오다가 잠시 가만히 멈춰 서는 소리를. 내가 눈에 들어올 때까지 그렇게 서 있다. 내가 그들 눈에 띄는 순간이 언제인지 번번이 알아차리게 된다. 그게 느껴진다. 신기한 일이다. 왜냐하면 한 번에 한 사람 이상이 오는 경우는 한 번도 없으니까. 천사는 혼자서 찾아다니도록 규칙이 정해져있다. 나는 발자국 소리를 들으면 여자인지 남자인지 가늠

해보려고 애쓴다. 몸을 돌리지는 못하게 되어 있으므로. 벽 쪽으로 고개를 돌린 채 장식장 바닥에 몸을 웅크리고 가만히 있어야 한다. 누군가 안으로 들어오면 나는 가능한 한 오래도록 숨을 참는다. 그런데 조금 지나면 몸이 너무 뻣뻣해지고 날개가 꽉 조여 와서 미칠 듯이 아프다. 계단을 올라오는 소리를 들을 수 있다는 게 다행이다. 그래서 잠시나마 고요한 소강상태가 오면 어깨의 방향을 바꾼다. 그러지 못하면 돌아버리고 말 것이다. 한 가지 괴로운 것은, 거기에 작정하고 오래도록 서 있는 사람들이다. 내가 지쳐서 몸을 뒤척이는 순간을 기다리는 것이다. 그런 사람은 언제나 남자다. 그건 구별할 수 있다. 그런 상황이 벌어지면 내가 좋아하는 수태고지만 집중해서 생각한다. 그림 속의 자세와 날개의 위치 같은 걸 골똘히 생각한다. 그리고 **그 사람** 생각을 한다. 우리가 사막에 나란히 누워 있던 모습을 생각한다. 땅바닥에 누웠던 모습도 생각한다. 그때 내게 날개가 없었다는 게 너무나 아쉽다. 그때 그가 내 생각을 하고 있었는지 알았으면 좋겠다. 그가 지금 어디에 있는지도 알았으면 좋겠다. 그러고 나면, 그가 지금 여기로 걸어 들어온다면 무슨 말을 할지 잠시 상상해본다. 그의 발걸음을 구별할 수 있을까, 규칙에 위배되는데도 나는 몸을 돌리게 될까. 물론 이런 상상은 우습고 터무니없는 짓일 뿐이다. 나중에 나는 그의 무리들이 어디에 사는지 알아냈다. 그걸 아는 건 어렵지 않았다. 그들에게는 아주 뚜렷하게 구별되는 스타일이 있으니까. 그의 무리들은 모두 같은 방식으로 그림을 그린다. 여기 퍼스에 있는 박물관에서도 그의 무리들이 그린 그림들을 보았다. 내가 만나고 싶었던 사람들의 그림을. 물론 그들이 내게 비밀을 열어 보이지는 않았다. 아니, 어쩌면 그 반대인지도 모른다. 나란 존재 역시 그들에게는 비밀에 붙여진 거니까. 생각거리가 너무 많을 때는 시간이 쏜살같이 지나간다. 내가 숨은 장식장의 벽은 내게 아무런 비밀도 없다. 나는 장식장에 생긴 틈과 흠집, 페인트 자국들을 구석구석 알고 있으니까. 내 마음은 텅 빈 풍경 속을 걷는 사람처럼 장식장 안을 누비고 다닌다. 아무도 없을 때면 가만가만 노래를 부른다. 노래를 부르다 보면 어느새 황홀한 세상, 꿈같은 세상 속으로 흘러 들어간다. 그 꿈같은 세상에서는 날아다닌다. 나를 태워 갈 버스가 도착하는 하루의 막바지쯤 되면 상황은 정말 걷잡을 수 없는 지경에까지 이른다. 사방이 온통 천사들로 가득해지는 것이다.

북적대는 다양한 천사 떼들. 다들 나름의 대처 방법이 있다. 콜라, 신경안정제, 수학 문제 같은 것이. 모두 녹초가 되고 저마다의 사연이 거품처럼 흘러넘친다. 온몸이 다 드러나 있는 천사들에게는 특히나 힘겨운 시간이다. 사람들이 천사들에게 괴상하기 이를 데 없는 말을 뱉기 때문에. 사랑의 말, 욕설, 불경스러운 말을 공공연하게 떠들어댄다. 우리가 반박하거나 대응할 수 없다는 것을 알고 있으니까. 그 사실만 믿고 완전히 돌변한 듯 보이는 사람도 있다.

알무트와 나는 내가 떠나 있었던 그 일주일에 대해 더이상 아무 말도 나누지 않았다. 나는 그날들을 내 안에 가두어 두고 있다. 때로 앞으로 무얼 할지를 생각해본다. 우리가 이 나라에 꼭 머물러야 하는지에 대해서도. 알무트가 집으로 돌아가고 싶어한다는 건 알지만, 나는 떠날 준비가 안되었다. 내가 진정으로 하고 싶은 일은 혼자 사막에 들어가는 것이다. 그러나 차마 그 말을 알무트에게 할 용기가 나지 않는다. 저녁에, 그녀가 아래층 호텔 바에 내려가면 나는 그림을 풀어서 탁자 위에 올려놓거나 벽에 기대 세워둔다. 그러고는 그림 맞은편에 앉아 본다. 마치 기도의 대상을 앞에 둔 수녀처럼. 몇 분이 지나고 나면 효과가 나타나기 시작한다. 나는 갈망을 느낀다. 말로는 표현할 길 없지만 그 갈망이 내 일부가 되어 영원할 것임을 안다. 알무트에게 아무 말도 하고 싶지 않다. 적어도 아직까지는 그렇다. 그리고 이것이 결정이나 선택을 할 수 있는 것인지 자신할 수 없지만 내가 영원히 방랑자가 되리라는 생각은 든다. 그러니까 나는 세상을 나의 사막으로 만들 수 있는 것이다. 내게는 평생을 계속해도 좋을 만큼 충분한 생각거리가 있다. 어디를 가든지 꿀단지개미와 위체티 애벌레가 있다. 그게 없어도 풀뿌리나 산딸기 열매는 있다. 그리고 이제 나는 그런 것을 어디서 찾아야 하는지도 안다. 나는 살아남을 수 있다.

2부

· OI ·

우리에게 필요한 것은 물 위의 도시, 1월이라는 한 달, 진
눈깨비 흩날리는 하루, 정류장 하나뿐. 회색이 모든 색 가
운데 으뜸이다. 세상의 반대편을 위해 온기를 아끼며 숨어
버린 태양과 거기에 씌어진 사연들의 빛깔. 열세 개의 기차
플랫폼, 어떤 플랫폼은 다른 플랫폼보다 조금 더 붐빈다.
잠시 후 우리 거래의 불가결한 수단인 점占 막대가 구체적
인 방향을 가리키기 시작한다. 움찔거리다가 부르르 떨더
니 띄엄띄엄 모여 있는 여행자 무리를 분명하게 가리킨다.
단역배우들, 엑스트라들을. 우리는 오늘 그들에게 배역이

배정되었는지 아닌지 잘 모른다. 일감을 얻으려고 이렇게 줄을 늘어선 이가 우리만은 아닌 것이다. 그런데 그들은 누군가 다른 사람의 이야기에 등장하는 인물인지도 모른다. 갈색 재킷을 입은 젊은 친구? 아니다. 아기를 데려온 젊은 엄마? 아니다. 저 세 명의 군인 역시 아니다. 우스꽝스러운 모자를 쓴 남자는 너무 늙었다. 문제를 더 복잡하게만 만들 뿐이다. 그러나 서두르는 편이 낫겠다. 이제 곧 기차가 도착할 테니. 아, 저쪽에 보이는 저 젊은 친구, 늙은 남자 뒤에 서 있는 사람은 바바리아(독일 바이에른 주) 출신이 분명한데, 〈빌트 자이퉁〉(독일의 보수 성향 타블로이드지)을 읽고 있다. 그가 바로 우리가 필요로 하는 사람이다. 분명 우리 사람이다. 바람에 날린 성긴 머리카락과 추위 때문에 눈물이 고인 눈. 아니, 그 사람 뒤에 있는 이가 아니다. 그는 우리에게 아무 쓸모가 없다. 당신은 엉뚱한 사람을 보고 있는 것이다. 내 말은 다른 사람, 손목시계를 두 번이나 쳐다본 그 남자 말이다. 그 사람이라면 될 것이다. 스웨이드 신발, 좀 낡긴 했지만 영국제다, 칙칙한 황갈색 면바지, 두꺼운 잿빛 방수 외투와 빨간 스카프, 스카프는 그래도 캐시미어다. 그 모든 옷감들은 본질적으로 서로 어울리지 않고 상반된 특징을 지녔다. 색깔도, 낡은 정도도 다 다르다. 말하자면 예술가적인 분위기, 비번인 육군 대위, 딸의 하키 경기를 구경하려고 라렌 같은 화려한 동네로 가고 있는 남자가 연상되는, 서로 어울리지 않는 여러 종류의 옷을 겹쳐 입고 있다. 자신이 진정으로 어떤 존재가 되고자 하는지 확신이 없어서 그런 불안감을 가리려고 과감하게 빨간 스카프를 매고 있는 남자. 좋다, 좀 더 자세히 살펴보자. 어떤 여자들에게는 이 남자가 매력적으로 보일지도 모른다. 오늘 컨디션이 최고 상태는 아닐 수도 있겠지만. 남자가 사방을 두리번거린다. 누군가 다가오고 있는지 살피는 것이다. 하지만 그는 그것을 잊어버릴 수도 있다. 기차는 방금 하를렘(네덜란드 암스테르담의 서쪽 도시)을 지났다. 그러니 이제 우리 시작해보자. 사람들의 삶을 한데 뒤섞는 일은 설령 짧은 순간일지라도 절대 간단한 문제가 아니다. 어떤 요소는, 화학에서 꼭 그렇듯이, 서로를 끌어당기고 또 다른 요소는 서로를 밀어낸다. 삶에는 사실 오랜 준비가 필요하다. 음식이 그렇듯이. 흠, 당신 말이 맞다, 요리사가 있는 것 같지는 않다. 인생 자체를 중요한 요리 실험으로 생각하고 싶지 않다면 말이다. 그런데 또 안 될 게 뭔가? 어쨌거나, 화학은 쉬운 게 절대로 아니다. 인생에 따라 요리하는 데 시간이 더 오래 걸리는 경우가 있다. 스토브가 세상의 여기저기 다양한 자리에 놓여 있기 때문에, 요리 결과는 불확실하다. 이런 은유를 더는 못 참겠다. 그러니 이제 할 말은 오직 이것뿐이다. 삶이란, 이 우스꽝스러운 비유를 마지막으로 딱 한 번만 쓴다면, 요리 실험들 중 가장 멍청한 것이다. 대개의 경우 인간적인 고통을 야기한다. 그러나 가끔씩은, 그렇게 흔하지는 않을지라도, 문학이 거기에서 이득을 본다. 어떻게 될지 한번 두고 보자.

에릭 존타크는 오스트리아행 기차에 올랐을 때 자기 기분이 어떤지 분명하게 알 수가 없었다. 그다지 놀랄 일도 아니었다. 날씨가 추운 탓에 몸이 좋지 않았다. 친구 아놀드 페서스가 추천해준 스파로 가는 길이라는 것 외에 무엇을 기대해야 할지 몰랐다. 아놀드는 에릭과 마찬가지로 시인들이 '검은 숲'이라고 일컬은, 측량할 길 없는 구역에 이미 도달해 있었다. 의사들은 이 구역을 '중년'이라고도 부르지만, 이는 터무니없는 꼬리표이다. 중년이 언제 끝나는지 딱히 정해져 있는 것도 아닌데. 만일 그 마지막 날이 통계 기준보다 더 일찍 온다면 '중년'의 시기 역시 그에 따라 옮겨져야 한다. 그것이 저만치 멀어졌는데도 눈치조차 채지 못하는 경우도 있을 테니까. 이런 상념은 에릭 존타크를 전혀 기운 나게 해주지 않았다. 기차는 늦었다. 암스테르담 중앙역의 지저분한 유리 지붕 밖으로 휘몰아치던 비바람이 진눈깨비로 변해 강물 위에 휘날리는 게 보였다. 금요일이었으나 그가 문학비평을 기고하는 신문을 사기에는 아직 너무 이른 시각이었다. 이는 네덜란드 문학의 거장으로 추앙받는 작가의 최신작을 잔인하게 짓밟은 자신의 서평을 읽을 수 없다는 뜻이었다. 우아하게 나이 들지 않는 작가들이 있다. 조금만 지나면 그 타성과 강박증을 여실히 알게 되는 작가들. 죽음은 적절한 시기에 네덜란드 문단을 찾지 않았다. 레베, 뮐리스, 클라위스, 노터봄, 볼커스, 이들은 모두 그가 강보에 싸인 아기였을 때부터 글을 쓴 인물들인데 글쓰기를 중단할 기미가 도통 보이지 않았다. 그는 이 작가들이 불멸이라는 개념을 지나치게 곧이곧대로 받아들였다고 이해할 수밖에 없었다. 에릭의 여자친구이자 경쟁 신문사의 미술 담당 편집자인 아냐는 편향된 서평을 쓴다며 그를 비난했었다.

"내일 여행을 떠나야 하니까 당신 심기가 불편한 거지."

"그거랑 아무 상관없어. 그 작자를 내 평생 동안 알아왔어. 이제는 내가 직접 그 작자의 책을 쓸 수도 있을 것 같은 기분이라고."

"그러면 정말 그래 보지 그래. 누가 알아? 당신도 한 번쯤 괜찮은 돈벌이를 하게 되는지?"

아냐는 에릭보다 열여덟 살 아래였지만 그 말은 용서할 수 없었다. 그들은 지난 4년 동안 같이 살아왔다. 그렇게 부를 수 있다면 말이다. 왜냐하면 두 사람은 각자 자기 아파트에서 계속 살았으므로. 그녀는 암스테르담 노르드의 자기 아파트에서, 그는 아우드 자위트에 있는 자기 아파트에서. 이 때문에 두 사람의 일상생활이 좀 복잡하게 얽히는 경향이 있었다. 그녀는 그의 집이 '늙어가는 개' 바구니같이 보일 뿐 아니라 그렇게 느껴지기도 한다고 생각했다. 반면에 그는 네덜란드의 해안 간척지가 내려다보이는 고층건물 8층에 있는 그녀의 집은 실험실다운 매력을 두루 갖추었다고 생각했다. 가구 없이 휑하니 비어 있는 데다가 하얗고 티끌 하나 없는 그녀의 아파트는 사실 재미 삼아 밤을 보내고 싶어지는 장소는 아니었다. 애당초 개 바구니에서 서로 어울린 게 실험실에서보다는 더 나았다는 것이 말하자면 그의 생각이었다. 그러나 아냐의 입장은 달랐다. 사실은 지금 문득 떠오른 생각이긴 하지만, 요즘 들어 아냐는 그의 의견에 점점 더 자주 반대하고 나섰다. 서평을 두고 어제 나눈 대화도 역시나 끔찍하게 끊어지고 말았다.

"혹시 내게 묻는다면, 당신은 그 사람을 질투하는 거라고 말하겠어."

"질투라고? 그 자만심 가득한 얼간이를?"

"그 사람은 자부심이 가득하지. 맞아. 그래도 글을 쓸 줄은 알아."

"당신 신문에서도 그자에 대해 좋지 않은 서평을 실었던데."

"그랬을 수 있어. 하지만 적어도 우리 서평은 눈치 채지 못할 만큼 미묘했어. 그런데 당신 건 노골적인 악의가 넘쳤다구."

이러고 나서 잠자리를 같이하기란 불가능했다. 네덜란드 작가들은 이 문제에 대해 책임질 거리가 아주 많은 것이다.

"당신이 그 스파에 가야 할 때가 온 거야." 이것이 그 다음 날 그녀가 내린 결론이었다. "침울한 얼굴로 빈둥거리며 지낸 지 오래잖아!"이 말은 사실이었다. 1월의 아침 일곱 시 삼십 분에 한없이 우울한 해안 간척지를 망연히 내다보는 자신을 자각하는, 면도도 하지 않은 쉰 줄에 접어든 사내는 이것을 안다. 가자지구에서 팔레스타인 사람이 열두 명 더 사살되었고 주식시장은 확실히 바닥을 쳤으며, 새로운 내각을 구성하려는 가장 최근의 시도는 교착 상태에 빠졌다는 뉴스를 들을 때는 더더군다나 그렇다.

"난 스파 가는 거 내키지 않아. 일주일 동안 단식하는 데 내는 돈치고는 얼토당토않은 비용이라구."

"그런 태도로는 아무 데도 갈 수 없어. 당신이 늘 입에 달고 다니며 투덜대는 그 넘치는 체중을 털어버리는 기회가 될 거야. 더군다나 아놀드 말로는 당신이 돌아올 때는 다른 사람이 되어 있을 거래."

"그게 당신이 원하는 바야?"

"뭐가?"

"다른 사람 말이야. 내가 이 나이에 새로운 사람이 되어야 하느냐고? 이제야 나 자신에게 익숙해지기 시작했는데."

"당신은 그런지 모르지만 난 아냐. 가끔 난 당신 땜에 죽을 만큼 우울해져. 그것도 모자라서 술을 너무 많이 퍼마시잖아!"

그는 굳이 반박하고 싶지 않았다. 아래로 보이는 교차로에서 흰색 화물 트럭이 정확한 도형을 그리듯 능숙하게 돌아서 담청색 혼다의 옆으로 들어갔다.

"아놀드는 이제 훨씬 좋아 보이잖아. 돌아온 뒤로 술은 한 방울도 입에 댄 적이 없어."

"그건 자기가 먹지 못하게 되어 있는 온갖 음식에 대해 구시렁대느라 너무 바빠서 그런 거지."

아니, 그 대화 역시 제대로 흘러가지 않았다. 그는 손목시계를 쳐다보았다. 바로 그때, 그가 탈 기차가 앞으로 몇 분 더 지연될 거라는 안내 방송이 확성기에서 흘러나왔다. 사실 그는 왜 이 기차를 타겠다고 결정했는지 그 이유를 잘 몰랐다. 인스브루크행 밤 기차를 타려면 뒤스부르크에서 갈아타야 했다. 그런데 이 '뒤스부르크'라는 지명이 왠지 그의 마음을 끌어당겼던 것이다. 차가운 잿빛의 무언가가 떠올랐다. 오래전의 전쟁 냄새를 아직도 희미하게 풍기는 독일의 도시, 즉 지금 그의 마음 상태에 걸맞은 고통과 고난의 분위기가.

·O3·

그의 느낌이 맞았다. 뒤스부르크는 암스테르담만큼이나 냉랭했다. 그가 앞서 옆자리 승객이 읽던 〈빌트 자이퉁〉에서 흘깃 보았던 전쟁의 위협이 이 도시의 신문 가판대마다 붉은색과 검은색의 큼직한 활자로 공공연히 유포되고 있었다. 그는 시내를 목적 없이 어슬렁거리며 돌아다녔다. 그러다가 문득 이것이야말로 자신도 모르게 의도한 바였음을 깨달았다. 왜 그는 언제나 문제를 해결하는 데 그리 시간이 오래 걸리는 것일까? 그는 아냐에게 전화를 걸었었다. 하지만 그녀는 전화를 받지 않았고 그도 메시지를 남기지 않았다. 독일 기차는 정각에 떠났다. 그는 싱글 침대에 느긋하게 몸을 부렸다. 때때로 인적 없는 플랫폼에서 방송되는 금속성 목소리와 구슬픈 기적 소리 때문에 잠에서 깼다. 그 소리가 결코 불유쾌하다고 할 수는 없었다. 그는 기차 여행을 좋아했다. 침대가 살며시 흔들렸다. 침대 밑 철길 위에서 보이지 않는 드러머가 치는 리듬이 근사했다. 그래서 잠 속으로 빠져들기 전에 그는 그날 처음으로 퍽 행복한 기분이 되었다. 어째서 이 터무니없는 모험을 감행하라는 말에 넘어간 것일까? 도무지 모를 노릇이었다. 그러나 아놀드 페서스의 말에는 꽤나 설득력이 있었다. 아놀드는 스파 여행에서 돌아올 때의 기분이 얼마나 날아갈 것 같았는지에 대해 몇 시간이고 줄기차게 얘기를 늘어놓았었다. 지금 와서보니, 아놀드가 스파 여행에서 돌아온 뒤로 너무 심하게 따분하고 지루한 인간이 되었다는 생각이 들었다. 그들 두 사람은 비슷한 연배였고 서로의 사연들도 속속들이 알고 있었다. 옛날에, 아놀드가 일본에 있을 때 사진작가로 작업하며 만난 모델과 열렬한 사랑에 빠졌었다. 이 사연의 전모는 예측할 수 있는 바, 안 좋게 끝났다. 격정적인 로맨스는 텔레비전 드라마에서는 아름답게 꽃필지 모르지만 실제 생활에서는 따분할 뿐이었다. 친구들이 그들에게 자기들 일감을 나누어주었지만, 두 해 동안 심각할 정도로 술독에 빠져 지낸 이 사진작가는 차츰 자신의 삶을 추슬렀다. 왜 사람들은 똑같은 실수를 자꾸 되풀이하며 사는지 정말 미스터리였다. 에릭은 진저리를 쳤다. 술을 한 잔도 할 수 없다는 것을 상상해보라. 그건 분명 사람에게 일어날 수 있는 최악의 일이 되리라. 그에게는 술을 두 잔 이상 마시지 않고 지나가는 날이 단 하루도 없었다. 의학 용어로 엄밀하게 말하자면 알코올중독이었다. 그러나 그는 술에 취한 적도, 실제로 숙취를 겪은 적도 없었다. 건강검진을 하러 갈 때마다 검사 결과는 늘 괜찮았다. "알아." 아놀드는 이렇게 말했었다. "그렇지만 조만간 그게 자네 발목을 잡고 말 거야." 그러고는 또다시 자신의 새로워진 삶에 대해 열광적으로 떠들어댔다. 되살아난 간, 사라진 군살, 새로 찾은 에너지와 놀라운 식습관에 대하여. 그의 식사는 수도 생활과 같은 몇 가지 규칙을 근거로 했는데, 에릭으로서는 도무지 이해 불가한 것이었다. 즉, 어떤 음식과 곁들여 먹으면 절대로 안 되는 음식이 있다든지, 양상추는 밤에는 금기이며, 저녁 식사 후에 먹는 과일은 치명적인 죄가 된다거나(섭취한 과일이 위장 안에서 썩게 되므로), 끽연은 어림없는 짓이고, 독주는 자살 행태이며, 와인은 무해한 쾌락이라기보다는 약으로 마셔야 한다는 규칙이었다. 그러므로 한두 잔으로 철저히 제한해야 마땅했다. 세상에, 그는 이제 권태 때문에 죽을 것이었다. 그렇지만 한 가지만은 이론의 여지가 없었다. 아놀드의 체중이 많이 줄었다는 사실.

그는 일곱 시쯤에 일어났다. 지금이 아니면 기회는 다시 없을 것이다. 기차가 앞으로 한 시간 안에 도착할 예정이므로. 산과 안개에 싸인 골짜기, 마을들, 어느새 불이 켜지고 사람들이 방 안을 들락날락하는 집들을 빠르게 지나쳐 갔다. 인스브루크에서 그는 가방들을 물품 보관함에 넣었다. 아놀드가 이글스(오스트리아의 인스브루크에서 남쪽으로 5킬로미터 떨어진 산속에 있는 해발 900미터의 고원마을)행 블루 트레인을 타는 방법을 일러주었지만 그는 서두르지 않았다. 우선 좀 돌아다녀보고 싶었다. 그러다가 어쩌면 고풍스러운 멋이 배어 있는 오스트리아의 카페라며 아놀드가 추천해준 첸트랄 카페를 찾게 될지도 몰랐다. 토마스 베른하르트(오스트리아의 소설가이자 극작가)가 앉아서 신문을 읽었음직한 그런 류의 카페라고 했다. 에릭은 토마스 베른하르트를 좋아했다. 네덜란드 작가 W. F. 헤르만스처럼 절규와 고함의 시 낭송 기법을 완벽하게 구현했기 때문만은 아니다. 헤르만스처럼 그의 분노도 쓰라린 좌절로 얼룩진 사랑에서 비롯된 듯 보였기 때문이다. 특히 그가 감탄한 것은 그 긴 열변과 장광설 스타일이다. 그것은 은밀하고 눈에 쉽게 띄지 않는 구성 요소, 즉 이 오스트리아 작가가 주변 환경과 조국, 스스로 "죽음에 헌신한 생애"라고 칭했던 자기 삶에 대한 연민과 더불어 절박하고 열정적이며 기교가 화려한 분노였다.

　카페에서 그는 〈데어 슈탄다르트〉(오스트리아의 유력 일간지로 사회민주당 경향의 신문)를 읽었다. 신문이 옅은 주황색이어서 손이 채 닿기도 전에 세월에 누렇게 바랜 듯 보였다. 신문에 실린 이라크, 이스라엘, 짐바브웨 등의 세계 소식들은 그의 마음에 시대착오적인 혼란을 일으켰다. 카페의 가구들과 조용히 웅얼거리는 소리가 그 기사들과 놀랄 만큼 자연스럽게 어울리는 듯했기 때문이다. 중부 유럽 사람들의 웅얼거리는 얘기 속에 카프카, 슈니츨러(20세기 전환기 부르주아의 삶을 해부한 심리극으로 유명한 오스트리아의 극작가이자 소설가), 카를 크라우스(풍자적 관점과 언어 구사력으로 유명한 오스트리아의 문필가), 하이미토 폰 도데러(20세기 초 빈의 사회상을 그린《악령들》로 유명한 오스트리아의 소설가) 같은 이들이 너무나 자연스럽게 녹아들었다. 어쩌면 오스트리아는 의도적으로 시대에 뒤떨어지기로 작정한 게 아닐까 하는 생각이 들었다. 세상은 너무나 빠르게 변하고 있으므로. 그는 커피를 한 잔 더 주문했다.

게으름 대마왕. 아냐는 그를 그렇게 불렀다.

"당신이 뭘 하고 있는지 알아? 책상 주변을 어슬렁거려. 가급적 거기서 멀찍이 떨어져서 말이야. 컴퓨터 앞에 앉기까지 몇 시간씩 뜸을 들여야지. 혹시 무슨 일이라도 생기지 않을까 기대하는 사람처럼. 당신이 하기로 되어 있는 일이, 그 일이 무엇이든 상관없이, 그 일에서 벗어날 수 있기를 바라면서."

"그러는 동안 생각하고 있는 거야."

"왜 아니겠어? 누군가의 명성을 훼손할 더 좋은 방법이 뭘까 고민하는 거겠지."

그것은 사실이 아니었다. 하지만 그걸 어떻게 설명할 수 있겠는가? 출간되는 대부분의 책들이 만족할 만큼 좋지 않은 것뿐이었다. 새로운 작가들이 날마다 등장하고 있지만,

20세기를 되돌아보았을 때 시간의 시련을 견디고 살아남은 진정한 작가가 몇이나 될까? 발간된 쓰레기 같은 책들 중에 너무나 많은 책들이 베스트셀러 목록 순위에 올라 있는 동안에도 벌써 썩어가는 냄새를 풍겼다.

"당신 기준은 너무 높아." 아냐는 그가 떠나기 직전에 이렇게 말했다. 어찌된 일인지 그렇게 말하는 그녀의 목소리에는 동정의 흔적이 묻어났다. 아니, 절대로 안 될 일인데, 모성애의 흔적마저 엿보였다. "한 가지만 내게 약속해줘. 당신 일단 거기 가면 이 모든 걸 다 잊어버려줘. 만일 그게 시간 낭비라면 그냥 그렇다고 말해버려. 거기에 대해 신경을 곤두세울 필요가 전혀 없어. 혈압 잊지 말아! 당신은 이제 열두 살짜리 꼬마가 아니야."

최근 들어 그는 이 마지막 말을 부쩍 자주 들었다. 그녀가 도대체 왜 열둘이라는 숫자를 고르게 되었는지 그로서는 알 길이 없었다. 스물넷이나 서른둘도 아니고 하필 열둘이라니. 물론 그는 스물네 살도, 서른두 살도 아니다. 어쩌면 그녀에게는 열두 살이 몇 광년쯤 아득히 떨어진 시기로 보였을지 모른다. 그의 혈압은 정말 너무 높았다. 그건 사실이다. 그리고 관절염도 앓았다. 그 밖에도 40대 후반인 그의 삶을 불유쾌하게 만드는 방심할 수 없는 비슷한 질병이 몇 가지 더 있다. 좀 더 심각한 재난이 닥치리라 예고하는 위협적인 질병들이. 그는 신문 부고난에 실린 사망자들의 평균 나이를 계산해보려다가 말았다. 양로원에 갑자기 살모넬라균이 발생한 것은 좋았다. 그러나 술 취한, 혹은 고주망태가 된 10대 청소년 세 명이 죽음의 열망에 사로잡힌 나머지 디스코장에서 뛰쳐나와 벽으로 곧장 차를 돌진시켜 영원 속으로 사라진 것은 나빴다. 그러나 그는 이 모든 것을 잊기로 되어 있었다. "그렇지 않으면 당신은 그 큰돈을 강물에 던져버리는 편이 나을 거야." 비용은 비쌌다. 맞는 말이었다. 아놀드가 주장한 것처럼, 먹을 건 아무것도 주지 않는 단식 프로그램이라면 더더욱 그렇다.

·O4·

나중에 알고 보니 블루 트레인은 한 시간에 한 대씩 운행하는 트램이었다. 몇 분 안에 기차는 인스브루크를 떠나 어느새 눈 덮인 숲을 지나고 있었다. 에릭 존타크는 "하얀 그을음, 잘려 나간 깃털"이라고 언젠가 크리스티안 하위헌스(17세기에 활동한 네덜란드의 시인이자 외교관)가 눈에 관해 읊은 시의 한 행을 가만히 되뇌었다. 눈을 그토록 아름답게 묘사한 이는 일찍이 없었다. 셰익스피어나 라신의 위대성을 지적하는 데 망설임이 없는 네덜란드 사람들이 브레데로데(16~17세기에 활동한 네덜란드의 시인), 호프트(17세기에 활동한

151

네덜란드 문예 부흥기의 시인이자 극작가)나 하위헌스의 작품 가운데 단 한 줄도 읊조리지 못하는 경우가 보통이다. 카츠(17세기 네덜란드의 시인이자 유머작가)와 본델(17세기 네덜란드의 극작가)의 작품에서 따온 몇 줄, 그리고 호르터르(19세기 말에서 20세기 초에 활동한 네덜란드의 시인이자 사회주의자)의 작품에서 따온 한 줄이 네덜란드어에 흔적을 남겼다. "아, 두엄과 안개의 땅"이 흔적을 남긴 것은 물론이다. 그러나 네덜란드 고전에 관한 한 얼추 그게 전부다.

눈이 반짝반짝 빛났다. 암스테르담을 떠날 때부터 줄곧 그를 휩싸고 돌던 침울한 기분이 걷혀갔다. 나무들, 집들, 들판이 모두 잘려나간 깃털을 품고 있었다. 기차가 종점인 이글스의 조그만 역에 도착했을 때 객차에 남은 승객은 그 말고 둘뿐이었다. 교회와 전원풍의 소박한 가옥에 성인을 그려 넣은 프레스코 벽화들. 페인트를 칠하지 않은 목조 가옥의 위층은 건초 보관용 곳간과 헛간으로서의 원래 쓰임새를 고스란히 간직하고 있었다. 손글씨로 쓴 '알펜호프 Alpenhof'라는 고딕체 팻말이 도로 쪽을 가리켰다. 길은 상당히 가파른 경사로였다. 도시에서 신던 구두를 신은 터라 자꾸만 미끄러져서 그냥 한자리에 꼼짝 않고 서 있을 수밖에 도리가 없었다. 경사로 꼭대기에 서서 숨을 연신 헐떡거리며, 자연석 외관과 눈이 이불처럼 덮인 널찍한 뜰을 갖춘 L자 모양의 수수한 건물을 바라보았다. 건물 앞쪽의 주차장은 BMW, 재규어, 볼보 등의 자동차로 꽉 차 있었다. 자동차 번호판은 리히텐슈타인, 스위스, 독일, 안도라 등 다채로웠다. 아놀드는 이 점을 말하지 않고 빠트렸다. 그가 말해준 것은 이곳 사람들이 얼마나 좋은지, 같은 상황에 놓여 있다는 게 이 사람들과 인연을 맺는 데 얼마나 도움이 되는지였다. "세상경험을 좀 하는 게 도움이 될지 모르지, 에릭. 20년 동안이나 자네는 신문사 문예 특집란의 고상하고 난해한 분위기에 젖어 지냈으니 산소를 조금 마시는 것도 꽤 유익할 거야."

그는 유리문을 통해 사람들이 흰 실내복 차림으로 거니는 모습을 보았다. 그에게는 지금이 몸을 돌려 도망칠 수 있는 마지막 기회였다.

"겁쟁이."

"맞아, 아냐."

그는 안으로 들어갔다. 그 나이 또래 여자가 안내 창구에 앉아 있었다. 그녀의 황갈색 피부만 봐서는 테네리페(스페인령인 카나리아 제도에서 가장 큰 섬으로 아프리카 북서 해안 맞은 편 대서양 상에 있음) 해변에서 날마다 몇 시간씩 보내다가 비행기를 타고 3분 전에 도착한 것처럼 보였다. 니클라우스 박사였다. 에릭이 자기 이름을 말하자, 그녀는 금방 독일어로 고쳐 말했다.

"손타그 님! 헤르츠리히 빌콤멘Herzlich willkommen('오신 것을 환영합니다'라는 뜻의 독일어)" 그 음성은 마치 지난 며칠 동안 그가 오기를 학수고대해온 것처럼 들렸다. 그녀는 식당 관리 책임자인 레나테라는 여자와 인사를 나누는 것이 첫 순서라고 설명했다. 레나테 역시 그가 오기만을 기다리고 있었다. 비록 숨 막힐 듯한 키스를 퍼붓지는 않았지만 포옹 비슷하게 그를 와락 움켜잡았다. 금방이라도 그를 붙들고 왈츠라도 추자고 할 것 같았다. 그녀는 포옹을 풀고서 창가에 놓인 2인용 테이블 쪽으로 그를 데려갔다. 이번 주의 남은 며칠 동안 그 테이블에 레겐부르크에서 온 크뤼거 박사와 같이 앉게 될 거라고 알려주었다. 혹시 그 사람이 반대하지는 않았을까?

"손타그 님은 네덜란드 분이시니까 특별히 산이 보이는 자리를 안배해드렸어요. 네덜란드에는 산이 하나도 없다지요? 공식적으로 손타그 님이 여기에 머무는 일정은 내일 아침부터 시작이에요. 그러니 오늘 밤에는 식이요법을 시작하기 전에 마지막으로 식당에서 식사를 하거나 마을로 내려가서 식사를 하셔도 됩니다. 손타그 님의 결정에 달렸어요."

그는 마을 식사 쪽으로 선택했다. 여행 가방을 풀고 언제나 그랬듯 가져온 책들을 정리했다. 드디어 자신이 직접 고른 책을 읽게 되었다는 게 기뻤다. 잠시 후, 마을로 다시 가기 전에 낮잠을 잠깐 잤다. 그리고 마을로 가서 골데네 간스Goldene Gans('황금거위'란 뜻의 독일어)라는 레스토랑에서 상호를 존중해 거위를 주문했다. 진한 오스트리아 와인도 마셨다. 돌아오는 길에 눈이 내리기 시작했다. 함박 눈송이가 소용돌이치듯 내려서 앞이 제대로 보이지 않았다. 브라우어 부르군더(독일산 레드 와인 '피노 누아')가 힘버가이스트(나무딸기로 만든 브랜디) 한 잔을 못 이기고 무너진 격이었다. 그리고 또 한 잔. 요컨대, 마지막 식사는 다들 밖에서 하기로 되어 있었던 것이다. 그는 침대에 누워 니클라우스 부인이 건네준 책을 읽어보려고 했지만, 마이모니데스(유대 철학자이자 의사)의 말이 나오면서부터 읽는 걸 포기했다. "푸

짐한 식사는 몸에 독처럼 작용한다. 게다가 질병의 근원이다…." 이런 문장은 저녁 식사로 먹은 거위와 잘 어울리지 않았다. 와인이나 힘버가이스트와도 제대로 버무려지지 않은 게 틀림없었다. 그는 잠자리에 들기 직전에 음식을 먹음으로써 처음으로 대죄를 범하고 말았다는 것을 깨달았다. 칼륨과 마그네슘과 칼슘에 관련된 통계에 이르자 속수무책 길을 잃고 말았다. 숲에서 하는 아침 운동 시간에 맞춰 일어나지 말아야겠다고 마음먹었다. 그리고 결국에는 자포자기하는 심정으로 몸을 내맡겨버렸다, 자비로운 어둠에….

·O5·

… 그 안에서 온갖 종류의 일들이 일어났다. 그래도 우리가 그보다는 더 많이 안다. 저지대 사람들 중에 높은 산에서 아무렇지 않게 잠드는 이는 하나도 없다. 살짝 열었다가 닫지 않고 그대로 둔 창문 사이로 차가운 밤공기가 들어온다. 침대에 누운 남자는 꼬리에 꼬리를 물고 이어지는 꿈속을 헤매 다닌다. 그 꿈을 나중에는 하나도 기억하지 못할것이다. 고요, 그가 의식하지 못하는 고요 속에서 올빼미가먹이를 사냥하고 그 바람에 화들짝 놀란 사슴이 캄캄한 숲의 세상 속으로 뛰어든다. 그 숲을 내일 아침 에릭 존타크

가 산책하게 되리라. 사슴이 지나간 흔적은 눈치 채지 못한 채로. 잠에서 깨어나면 그는 눈 덮인 산등성이가 첫 햇살을 받고 밝아지는 모습을 보게 되리라. 날카롭고 눈부시게 하얀 이빨들이 피를 덕지덕지 묻히고 나란히 이어진 광경을.

크뢰거 박사, 에릭처럼 하얀 실내복을 차려입은 그는 에릭이 식당에 도착했을 때 이미 그들에게 배정된 테이블에 자리잡고 앉아 있었다. 접시에는 롤빵이 하나 놓였고, 접시 옆으로 끈적거리는 노란색 액체가 든 조그마한 용기가 보였다. 에릭은 맥없이 용기를 응시했다. 그 다음에는 크뢰거 박사를 응시했다. 박사는 곧장 자기소개를 했다. 그래서 두 신사가 실내복 바람으로 악수를 하게 되었다. 크뢰거는 키가 컸고, 겉으로 보아서는 숲 속에서 하는 아침 운동을 빼먹지 않은 것 같은 모습이었다.(사실이 그랬다.) 그리고 에른스트 윙거(독일의 작가이자 사상가로 제1차 세계대전의 경험을 다룬《강철폭풍》이 널리 알려져 있음)처럼 아침마다 냉수마찰을 할 것만 같은 인상이었다. 밝게 빛나는 자신의 모습대로 백 살까지 살고 싶은 희망을 품고서. "아, 네덜란드," 크뢰거는 잠시 멈추었다가 말을 이었다. 언젠가 암스테르담에서 몰던 차가 망가졌다는 얘기, 자신은 산부인과 의사인데 알펜호프에는 해마다 두 주 일정으로 온다는 얘기, 이곳에 왔다가 가면 늘 원기를 회복하고 젊어지는 기분이 든다는 얘기로 이어졌다. 마르고 딱딱해 보이는 롤빵은 접시 위에 올려놓고 몇 조각으로 얇게 잘라야 한다고 했지만, 에릭이 막상 자르려고 하자 빵이 찢어져서 크뢰거의 설명처럼 쉽지는 않다. 끈적거리는 노란 액체는 아마기름으로, 빵 조각에 조금씩 떨어뜨려서 먹어야 했다. 아마유가 콜레스테롤 수치를 낮춰주기 때문이다. 커피와 '진짜' 차는 무한정 제공되었다. 준비된 차는 레몬밤이나 로즈메리, 혹은 약용 효과를 내도록 배합한 차 종류뿐이었다. 이런 차는 아침 식사를 하고 20분 뒤부터 마시는 게 허락되었다. "그리고 잊지 마십시오," 크뢰거 박사가 덧붙였다. "입에 넣은 음식물은 반드시 스무 번씩 씹어서 드세요." 에릭은 식당 안을 둘러보았다. 옆 테이블의 여자가 어찌나 꼿꼿하게 앉아 있던지 태어난 날부터 죽 발레 수업을 받아왔다고 해도 믿을 정도였다. 그녀는 허공을 뚫어질 듯 응시했다. 몇 번 씹었는지 세고 있는 게 분명했다.

"구텐 모르겐, 손타그 씨! 잘 주무셨나요? 롤빵에 뭘 얹어 드실래요?"

종업원이 갑자기 물어보는 바람에 에릭은 몇 번 씹었는지 잊어버리고 말았다.

"본인이 직접 고를 수 있어요." 크뢰거가 말했다. "양 우유 요거트를 얹거나 염소 우유로 만든 코티지 치즈에 골파를 얹어 먹을 수 있습니다." 몇 분이 지나자 종업원이 양 우유 요거트가 든 볼을 가져다주었다. 크뢰거는 자기도 지금 영양소를 조금 줄인 식이요법 중이라고 설명했다.

"우리는 다들 너무 많이 먹습니다! 주위를 한번 둘러보세요. 특히나 사람들 배 모양을 보십시오. 뱃살이야말로 진실을 말해주지요!" 그는 이렇게 말하면서 테이블 가장자리로 에릭의 배를 넘겨다보았다. "흠." 예상했던 것만큼 나쁘지 않아 보였던 게 분명했다. "사람들은 거울을 볼 때 언제나 얼굴 쪽으로 봅니다. 그러니 올챙이배를 볼 필요가 없지요. 그런데 만일 옆모습으로 자신을 본다면 불룩 튀어나온 배가 보이겠지요. 올챙이배, 배불뚝이. 진짜 괴물들이에요. 사우나나 수영장에 가보면 내 말이 무슨 뜻인지 알 겁니다. 이게 너무나 좋은 식이요법인 건 그래서랍니다. 생채소는 하나도 없어요. 콩도, 양배추도, 양파도 없고, 마늘도 전혀 들어가지 않아요! 돼지기름은 말할 것도 없지요. 그러니까 소시지도 당연히 안 된다는 뜻입니다. 정제된 식용유도 물론 금지예요! 소화가 잘 되는 곡물과 유제품만 먹게 되어 있는 거랍니다. 소화력의 관점에서 모든 것이 가혹할 정도로 정확하게 계산되었지요. 왜냐하면 그거야말로 건강을 지켜주는 요건이니까요. 인간을 동물로 생각하지 마세요, 차라리 식물이라고 보십시오! 뿌리 조직을 가진 식물이라고 말입니다! 식물의 기근氣根이 흙 속의 영양분을 흡수하는 원리와 똑같이, 우리 창자의 융모도 소화관에 든 음식에서 영양분을 뽑아내어 유기체의 혈액과 세포에게로 날라다 줍니다! 그런데 잠시 실례해야겠군요. 제가 크나이프 치료(19세기 독일의 크나이프가 개발한 것으로, 환자에게 찬물을 뿌리거나 찬물을 밟고 다니게 하는 등 신체에 찬 자극을 주어 혈액순환을 돕고 숙면을 취하게 하는 방법)를 받을 시간이라서요.”크뢰거는 가볍게 인사하더니 활보하듯 자리를 떴다. 남겨진 에릭은 혼란스러워졌다. 그는 지금껏 자신의 소화기관에 대해서 일말의 관심도 가져본 적이 없었다. 그리고 매일 쓰는 컴퓨터나 볼보 자동차의 성능에 대해서 그렇듯이, 자신의 신체 기능에 대해서도 아는 바가 별로 없었다. 혈액이란 그냥 몸

속에 있는 거라서 운이 좋으면 심장이 몸 구석구석에 날라다주는 동안 몸속에 그대로 머물러 있는 것으로만 알았다. 그의 경우에는 50여 년간 그렇게 작용해주었다. "환자 분은 아직도 베살리우스(16세기 근대 해부학의 창시자인 안드레아스 베살리우스) 이전 시대를 살고 있군요." 언젠가 주치의가 이렇게 말했었다. "인간의 몸이 신비로운 대상이었던 시대 말입니다." 콜레스테롤 수치를 낮춰주고 지나치게 높은 혈압을 내려주는 약을 처음 처방받았을 때 에릭이 들은 말이었다.

"그래도 난 아프지 않고 괜찮은데요."

"압니다, 하지만 당신은 아프지 않은 게 아니에요. 심장병을 소리 없는 살인자라고 하는 것도 다 그래서입니다. 이 두 요인이 복합적으로 작용하여 당신은 위험지대에 이른 겁니다. 제가 일러준 대로 따르면 괜찮을 거예요."

레나테가 갑자기 그의 테이블 앞에 나타났다.

"아래층에서 손타그 님을 기다린다는 건 물론 아시겠지요? 시빌과 첫 약속이 되어 있어요. 시빌이 혈압을 재고 피검사를 할 거예요. 그 다음에는 건초 목욕이 예정되어 있습니다."

그는 서둘러 슬레이트 계단을 내려가 작은 방으로 향했다. 거기에는 다른 손님들 몇몇이 자기 이름이 불릴 때를 기다리고 있었다. 작은 방 맞은편에 방이 하나 더 보였는데, 바깥에 쌓인 눈처럼 새하얘다. 그 방에는 흰옷 차림의 젊은 여성 둘이 어슴푸레한 빛이 비치는 하얀 책상 앞에 앉아서 일하고 있었다. 그는 주위 사람들이 하는 말을 잠자코 들어보았다. 독일 말과 러시아 말이었다. 기이하게 변형된 독일 말도 들렸다. 높은 산과 깊은 계곡에 막혀 생겨난 말이라고 생각하고 싶었다. 말하자면, 스위스 독일 말과 오스트리아 말. 이 두 언어를 생각할 때면 언제나 공기 중에 말린 쇠고기와 독특한 종류의 치즈가 연상되었다. 기다림이 불쾌하지는 않았다.

"손타그 님?" 흰옷을 입은 또 한 사람. 시빌. 그녀의 한쪽 눈은 망막이 흐릿했지만 동작은 깃털처럼 가벼웠다. 그녀와 악수를 나누었는데도 아무런 느낌이 없었다. 피검사를 할 때도 마찬가지였다. 시빌은 바늘에 관한 한 대가였던 것이다. 그는 실린더에 피가 채워지는 것을 지켜보면서 다른 생각을 해보려고 애를 썼으나 뜻대로 되지 않았다. "이틀만 지나도 자네는 완전히 투항하고 말테니 두고 보라고.

그들 손 안에 든 밀가루 반죽처럼 빚어주는 대로 모양이 바뀔걸." 아놀드가 했던 말은 사실이었다. 망막이 흐릿한 존재가 그의 눈앞에서 깃털처럼 떠다녔다. 마치 우주선 안에 들어와 있는 것만 같았다. 그녀는 커튼을 한쪽으로 젖히고 그에게 옷을 다 벗으라고 말했다. 그의 눈앞에 투명한 비닐 한 장을 들어 보이더니 침대 위에 펼쳐놓았다. 그러고는 그 위에 드러누우라고 지시했다. 그는 망막이 또렷한 그녀의 한쪽 눈과 시선을 맞추려고 애를 썼다. 그래야 다음에 무슨 일이 벌어질지 알 수 있을 것 같았다. 그러나 그녀는 이미 버튼을 누른 뒤였다. 그러고서 1분쯤 지났을까, 그는 어느 틈엔가 자신이 자궁 안에 들어와 있다는 것을 깨달았다. 자궁 안의 양수에서는 건초 냄새가 짙게 풍겼고, 아래위로 마구 출렁거리더니 마침내 잠잠해졌다. 나비 같은 시빌이 산악 지방의 사투리로 다시 돌아오겠노라고 말했다. 그러나 그는 깊은 이완 상태로 빠져드는 기분이 들었고 그 기분을 받아들였다. 적어도 한동안은 그랬다. 태어나고 싶은 욕망이 전혀 들지 않았다.

"정말 거기 그대로 있고 싶은 건가요, 그래요?" 산파 같은 시빌이 헛간 안마당과 암소, 건초더미의 꿈에 빠져 있던 그를 깨우며 말했다. 그녀는 수건을 건네주면서 좀 더 큰 방으로 그를 이끌었다. 그곳에서는 중년 부인이 발을 한껏 추켜올리면서 자갈이 가득한 연못을 걷고 있었다. 시빌이 연못을 해오라기처럼 천천히 걸어가기 위해 고안된 방이라고 설명했다. 중년 부인이 걷는 것처럼. 먼저 뜨거운 물이 채워진 나무 욕조에 발을 담가야 했다. 그런 다음에 자갈 위를 걷게 되는데, 혈액순환에 좋다고 했다. 자궁에서 빠져나오기가 무섭게 고통이 시작된 것이다. 연못의 물은 특별히 스피츠베르겐 섬(노르웨이 북쪽 북극해에 있는 노르웨이령 군도)에서 흘러온 것이었다. 뾰족한 자갈돌에 닿자 발가락이 아팠다. 실내복의 끝자락을 움켜쥐고서 그는 황새처럼 발걸음을 떼려고 애썼다. 지금 이 모습을 본다면 신문사 동료들이 뭐라고 할까 상상도 해보았다. 그는 벽에 적힌 암호 같은 표어를 읽어보았다. '당신은 어디에 있든, 누구이든 당신 자신이다'라는 취지의 글이었다. 중국의 전통의학인 한방을 주제로 토론하는 소리가 들렸다. 한방에서 늦여름은 제5시즌이었는데, 오행 중 흙土 경락에 해당되었다. "오행 중 불火 경락에 이르면," 발을 다시 뜨거운 물에 담글 때 남자의 목소리가 들려왔다. "사람은 '나'의 가장 완전한 상태에 닿습니다. 그러나 가을이 되어 오행 중의 흙土이 작용하기 시작하면 안전한 '나'는 위험한 '너'로 옮겨갑니다. 그렇게 하려면 용기가 필요하지요. 즉, 타자와 연결하려는 용기, 땅을 향해 성장하려는 용기가. 연결, 연결 조직, 우리 몸의 모든 것을 연결해주는 기본 조직이…" 그는 독백의 맥락을 놓치고 말았다. '쓸개,' '췌장'이라는 말만 어렴풋이 들었을 뿐이다. 이런 장기들이 **자기** 몸 안에도 정말 있는 것일까 의구심이 들었다. 차가운 물속을 한 바퀴 더 돌고 난 뒤 방으로 도망치듯 피해 왔다. 그의 방은 '황야의 장미'방이었다. 오는 도중에 제비고깔방, 미역취방, 그리고 매발톱꽃방을 지나쳤다. 그 다음에 지나온 체력 단련실에서는 노예들이 고문 기구 위에서 운동을 하고 있었다. 젊은 여자는 시시포스처럼 끊임없이 돌고 도는 고무벨트 위를 달리고 또 달렸다. 대기실에서 보았던 러시아 사람은 앉은 자세로 도르래 위에 놓인 거대한 바벨 세트를 들어 올리려고 안간힘을 썼다. 그리고 선홍색 낯빛을 한 또 다른 희생자는 엉덩이에 혁대를 두르고는 중력에 맞서 몸을 일으켜 세우는 중이었다. 저런 노동은 성과를 얻을 만한 상품을 하나도 만들어내지 못한다는 게 그의 생각이었다. 조금 지나고 나니 자신의 몸을 이렇게 많이 의식한 적이 이제껏 한 번도 없었다는 자각이 문득 들었다. 이제 끊임없이 자기 몸을 환기시켜보게 된 것이다. 오일이 발라진 몸, 마사지를 받은 몸, 소금으로 문질러진 몸, 건초와 진흙으로 가득 찬 욕조에 담긴 몸, 빈약한 롤빵으로 아침 허기를 떼운 몸을. 그리고 오후 식사의 극단적일 만큼 단순화된 구성은 화가와 조각가가 아낌없는 관심을 퍼부었음이 틀림없었다. 마지막 남은 칼로리도 날마다 부과된 산책길에서 1마일만 걸어도 가뭇없이 소진되고 말았다. 저녁에는 롤빵과 감자 중 하나를 선택하는 게 허락되었다. 덩이줄기 식물인 감자의 길쭉한 생김새가 롤빵보다는 좀 더 실속 있어 보이긴 했다. 그는 접시 한복판에 감자를 올려놓고는 절대 나올 리가 없는 촉촉한 폭찹을 그려보았다. 덩그마니 놓인 감자 위에 보상처럼 뿌려지는 차가운 아마유의 걸쭉한 방울방울을 보고 있자니 아이 적에 억지로 삼킬 수밖에 없었던 대구간유가 떠올랐다. 설상가상으로 다가올 긴긴밤에 벗이 되라고 연어 무스나 걸쭉한 아보카도가 두 주걱이나 수북이 나왔다. 그 밤 내내 일어난 일은 물 한 컵에 녹인 흰 분말을 소모하는 게 고작이었다. 날마다 쓴 양조 음료와 더불어 하루가 시작되었고, 몇 시간 후면 창자가 대홍수를 일으켰다. 그것은 화산이 폭발하거나 산사태가 나서 온 마을을 휩쓸고 수천 명의 목숨을 앗아가는 사태와 진배없었다.

그는 이제 이 모든 것을 어떻게 생각해야 할지 알 수 없게 되었다. 누군가가 그의 남은 생을 크뢰거 박사와 함께해야 할 거라고 말했다 하더라도 그는 눈 하나 깜박하지 않고 태연하게 받아들였을 것이다. 네덜란드 문학, 신문사, 닥쳐올 전쟁, 심지어 아냐까지, 그 모든 것이 의식 저 깊은 곳으로 가라앉아버렸다. 그는 나무토막처럼 곯아떨어져서 잠들었고, 섹스나 술을 갈구하는 마음이 사라진 자신이 놀랍기만 했다. 야채 부용(야채와 향신료를 넣고 끓여 건더기는 거르고 만드는 맑고 향기로운 육수)이 나올 때를 기대하는 자신이. 모두 이 부용을 먹으려고 날마다 열한 시 십오 분 전에 이미 한 줄로 죽 늘어섰던 것이다. 시빌의 마사지를 기대하는 자신도 놀랍기 짝이 없었다. 급기야 손아귀 힘이 이렇게 강한 여성은 한 번도 만나본 적이 없었다는 말을 시빌에게 건넬 용기를 냈을 때, (이 부분을 덧붙일 마음은 감히 내지 못했지만) 이 세상의 저울로는 잴 수 없는 몸무게를 지닌 꼬마 요정 같은 그녀는 그 힘을 산악 등반에서 얻은 거라고 대답했다. 이 대답을 듣고 난 그의 머릿속에는 아가리를 크게 벌린 심연 위에 대롱대롱 매달린 채 열 개의 손가락으로 낭떠러지의 바위 끝 옹두라지를 꽉 붙들고 있는 그녀의 모습이 떠올랐다.

·O6·

우리는 이제 그가 새로운 우주 안에서 스스로를 부양해가
도록 내버려둘 것이다. 식습관의 규칙과 순결한 소화작용
이 이루어지는 새로운 우주, 금욕적인 시간과 허브 차로 이
루어지는 새로운 우주 안에서. 더이상 그는 죄의식의 고통
없이는 밤에 생채소를 먹을 수 없을 것이다. 내면에서 허
브 차의 바다가 파도처럼 넘실대는 것을 느끼게 되었고, 자
신의 나날들이 크뢰거 박사가 없었더라면 어떻게 되었을
지 상상도 할 수 없게 되었다. 크뢰거 박사는 그에게 중국
한방의 비법을 설명해준 사람이다. 옆 테이블에 앉은 두 명

의 매력적인 레즈비언이나 올림픽 경기장 규모의 풀장에서 나란히 수영을 하게 된 리히텐슈타인에서 온 소시지 제조업자가 없는 나날도, 기공과 수상 체력 단련이 없는 나날도 상상할 수가 없다. 그가 먹거나 마시거나 행하는 것에는 날마다 금지 목록만 늘어간다. 가끔 자신이 과거의 몸에서 벗어나 새로운 몸이 되고자 고군분투하고 있다는 기분이 든다. 과거의 몸은 이제 알펜호프에 더러워진 빨랫감처럼 내버리고 떠나거나 의과대학에 해부용으로 기증할 수도 있다. 그는 새로워진 이 몸으로 무엇을 할지 뚜렷하게는 알지 못한다. 앞으로 이 새로워진 몸을 커피나 술로 더럽히지 않으리라는 것밖에는. 이 새로워진 몸은 투명한 소화관과 스무 살 티베트 비구니의 심장과 간을 지닌 성자의 소유가 되었다.

오후에 그는 산길을 산책한다. 우듬지에 눈이 쌓인 아름드리 전나무 숲 속을 날마다 조금씩 더 깊이 들어간다. 어느 날은 파트슈와 하일리히바써까지 걸어가서 산책하는 사람을 만날 때마다 **"신의 가호가 있기를!"** 하고 큰 소리로 인사한다. 이것이야말로 분명 죽음의 느낌일 거라는 게 그의 생각이다. 이전의 삶에서 차단되어, 마침내! 자유로운 존재로서 느끼는 행복감. 습관적으로 걷게 된 좁다란 길가에는 소박한 사람들이 고난 받는 예수의 수난을 표현해놓은 게 보인다. 십자가의 길(그리스도 최후의 사건을 묘사한 14장면의 연속 그림이나 조각)을 비좁은 길가의 재단에 그려서 나무 기둥 위에 얹어놓았다. 그림들은 200야드 간격으로 떨어진 채 놓여 있다. 닷새째가 되어서야 그는 그리스도의 부활이 그려진 데까지 숨을 헐떡이지 않고 오를 수 있었다. 새하얀 햇살이 나무들 사이로 스며든다. 투명한 한줄기 빛이 그에게 똑바로 비치는 듯하다. 부족한 것은 다만 이 영상을 고스란히 간직할 만큼 큼직한 금박 액자뿐.

·07·

상황이 이렇게 계속될 수는 없다. 이제 그를 지상으로 끌고 내려올 때가 되었다.

알펜호프에 돌아온 그는 자기 우편함에 놓인 쪽지를 발견한다. 시빌이 등산학교에서 가벼운 사고를 당해서 내일은 다른 이가 마사지해줄 거라는 내용의 쪽지다. 아냐가 성급한 필체로 그에게 보낸 편지도 있지만 그 편지는 별로 뜯어보고 싶지 않다. 자기 방으로 돌아온 그는 마을에 불빛이 하나 둘씩 켜지는 모습을 조용히 바라본다. 삼종기도를 알리는 종소리에 귀를 기울인다. 그리고 가까운 과거로 되돌아가고 싶은 욕망이 전혀 없다는 사실을 가만히 되새겨본다. 하지만 그 가까운 과거 아래에는 또 다른 과거, 지난 3년 동안 잠자고 있던 과거가 숨어 있다는 사실을 그는 미처 깨닫지 못한다. 천사의 모습으로 가장하여 때를 기다리던 시기가. 그리고 바로 이 순간에 그를 좀 더 먼 그 시절로 다시 데려갈 준비를 하고 있다는 것도. 그가 정녕 다시 가고 싶지 않은 그곳으로.

우리는 그가 꿈 없는 잠이라고 여기는 하룻밤을 허락한다. 아침이 다가오자 폭풍우가 몰아치고 사방에서 눈보라가 불어닥친다. 그는 평소보다 늦게 일어나서 뜻밖에도 비어 있는 테이블에 앉아 '마라의 쓴 물'(홍해를 건너고 광야를 지난 목마른 이스라엘 백성들이 마라에서 물을 마시려 했으나 물이 써서 마시지 못하게 되자 모세가 하나님께 기도해 단물로 만들었다고 함)을 마시고 젬멜(오스트리아의 국민 빵)을 먹는다. 그리고 크뢰거 박사가 눈보라를 뚫고 힘겹게 걸어가는 모습을 지켜본다. 마치 아문센 영화를 보는 듯하다. 조금 뒤에는 아래층으로 내려가 방 안에서 시빌을 기다린다. 시빌이 그를 데리러 오는 방에서. 그 다음에 일어난 일은, 어법에 맞게 하려면, 말하기가 쉽지 않다. '그들은 서로에게 너무 놀라 숨이 막혔다'라는 표현이 가장 근접한 뜻일 것이다. 그러나 우리는 이미 그를 알고, 여기서 그녀를 만나리라고 기대하지 않고 있으므로 그렇게까지 멀리 가지는 않을 것이다. 그들은 이전에 만난 사이다. 확실한 것은 그 정도이다. 그러나 아무도 볼 수 없는, 그가 마음속으로 그녀의 등에 달아놓은 날개가 있다. 지금까지 그가 결코 잊을 수 없었던 천사의 날개. 그가 미처 말을 내뱉기도 전에 그녀는 왼쪽 손의 집게손가락을 자기 입술에 대고 오른손으로는 그를 끌어당겨 앉힌다. "존타크 님." 그녀가 부른다. 그의 이름을 어색한 억양이나 발음의 흔적 없이 정확하게 발음한다. 잠시 후에는 마사지방으로 따라오라고, 그의 미래이자 과거 속으로 들어오라고 청한다. 그것은 서로 상반되는 동작을 요구하는 것이기에 그의 몸이 경련이 일듯 뒤틀리며 반응한다. 우리가 마지막으로 보는 것은 한 남자가 기이하게 뒤틀린 자세로 포스터 앞에 서 있는 모습이다. 발 반사구와 침 자리를 그려놓은 포스터. 사내는 감당하기에 너무 무거운 호박돌을 막 들어 올리려 하고 있다.

·o8·

천사는 존재하지 않지만, 여러 계급으로 나뉜다. 군대의 위
계질서와 흡사하다. 천사는 프레스코 벽화 속을 이리저리
날아다니고, 라파엘로와 지오토의 그림에서는 복음을 전하
는 심부름꾼이, 부에노스아이레스와 제노바의 부자들 묘지
옆에서는 석조물의 수호자가 된다. 그리고 불칼을 높이 치
켜들고서 추방된 자들을 데리고 에덴동산의 바깥문까지 간
다. 천사에게는 이름이 있고 몸과 날개도 있다. 성별은 없
으나 여성은 아니다. 천사는 불멸의 존재이다. 이는 해골의
잔해가 발견된 적이 한 번도 없다는 뜻이다. 그러므로 그

누구도 잔해를 샅샅이 파헤쳐서 어떻게 그토록 거대한 날개가 천사의 어깻죽지에 붙어 있는지 살펴볼 수가 없었다. 요컨대, 천사는 세상에 존재하지는 않을지라도 우리를 둘러싼 세계의 일부이다. 그러나 지금 오스트리아의 스파에서 에릭 앞에 서 있는 키가 작고 호리호리한 이 여자는 지난번에 보았을 때는 은빛 광채가 나는 회색빛의 커다란 날개를 달고 있는 모습이었다. 처음 그녀와 마주쳤을 때는 그녀의 얼굴을 보지 못했다. 장식장 안에서 등진 채로 몸을 웅크리고 있었기 때문이다. 지금도 그녀의 얼굴을 볼 수가 없다. 왜냐하면 그녀가 세계 어디서나 여자 마사지사가 흔히 쓰는 어투로 배를 바닥에 대고 누우라고 지시했기 때문이다. 그는 지시대로 따랐다. 심장이 미친 듯이 뛰는 게 느껴졌다. 그녀 손의 떨림도 느껴졌다. 3년 전에 마지막으로 그의 몸을 만져주던 그 손. 오스트레일리아 서부의 퍼스에서 있었던 일이다. 대륙의 반대편 바닷가, 시드니에서 수천 마일 떨어진 곳에서. 그녀는 한 마디도 하지 않았다. 그때도, 그리고 지금도. 둘 사이에 놓인 세월은 그의 머리를 핑핑 돌게 할 만큼 격렬한 느낌에 휩쓸려 사라지고 말았다. 그는 양손으로 마사지 테이블을 꽉 붙들었다.

"그렇게 뻣뻣하게 긴장하지 마세요." 기억이 새로운 살짝 허스키한 목소리, 여전히 매혹적인 조용한 목소리가 들렸다. 처음 그 목소리를 들었을 때 그를 당혹스럽게 했던 바로 그 억양이었다. 그는 대답을 해보려고 했지만 얼굴을 바닥에 대고 누운 데다가 테이블 위로 타월이 헐렁하게 덮여 있었기에 흐느낌 같은 목소리가 새어나왔다. 그녀는 잠시 그의 얼굴 위에 손을 얹어놓았는데 그 때문에 상황이 더 난처해졌다. 느닷없이, 그가 그토록 교묘하게 감추어두었던 슬픔이, 이미 사라져버린 것인 양 위장해왔던 슬픔이 너무나 강렬하게 되살아났다. 마치 상처 부위의 붕대를 잔인하게 홱 벗겨내는 듯한 기분이었다. 그는 고개를 들어 그녀를 보려고 했으나 그녀가 목덜미를 꾹 내리눌렀다. "나중에," 그녀가 말했다. "나중에요." 그러자 그 말이 무슨 마법의 언어인 양 그의 몸이 느슨하게 풀리면서 그 잃어버린 시간들이 다시금 그에게로 흘러들어오는 것 같았다. 그들 사이의 그 광기 어린 사연이 온몸을 감싸 안은 느낌이었다. 그것은 광기였음에도 완벽하게 논리적이었다. 무수한 질문을 속사포처럼 쏟아내고 싶었지만 지금은 적절한 때가 아니라는 걸 알았다. 그는 천사에게 감싸 안긴 경험이 있는 유일한 인간이었다. 그녀가 지금은 달고 있지 않지만 두 날개로 자신을 어떻게 감싸 안아주었는지, 그 느낌이 되살아났다. 그래서 마사지를 받는 동안, 아니, 그러기도 전에 벌써 너무나 자연스럽게 추억에 자신을 온전히 맡겨버렸다. 다시금 과거로 몰래 기어들어가 거기서 안식처를 찾고 있는 기분이었다. 누가 알랴, 그는 어쩌면 깊은 잠에 빠져든 것인지도 몰랐다.

·09·

그가 퍼스에 도착했을 때는 여름이었다. 한 번도 그렇게 오
랜 시간 비행기 안에 갇혀본 적이 없는 그였다. 시드니까
지 열여덟 시간을 비행한 뒤, 땅덩어리는 미국에 버금가게
넓으나 네덜란드 인구보다 조금 더 많은 인구가 사는 대륙
을 가로질러 날아갔다. 대부분의 땅은 사람이 살지 않는 빈
땅이었다. 바위투성이이고 뜨거운 태양이 작렬하는 모래빛
사막이었다. 그곳에서 호주 선주민들이 수천 년의 세월 동
안 무방비적인 삶을 자율적으로 꾸려나갔다. 다른 사람들,
즉 양을 키우는 목축업자나 와인 제조업자들은 그 주변부

에 살았다.

그는 문학 축제의 게스트로 퍼스에 초대받았다. 예년과 달리 소설가와 시인만을 위한 축제가 아니라 번역가와 출판업자, 비평가들도 아우르는 행사로 열렸기 때문이다. 말하자면 소설이나 시라는 외로운 속살을 중심으로 돌아가는, 거기에 완전히 기생하거나 그 실상을 여실히 보여주는 기층 집단도 초대받은 것이다. 이런 상호 의존적인 관계는 때로 실속이 있기도 했지만 때로는 역겨웠다. 그는 대부분의 작가들을 인간적으로 혐오했다. 특히 그가 찬탄하는 작품을 쓴 작가들의 경우가 그랬다. 그런 작가들은 차라리 아예 만나지 않는 편이 나았다. 작가들이란 활자 속에, 책 표지 사이에 존재하는 삶을 영위하도록 되어 있는 사람들이었다. 그들 몸에 밴 체취 때문에, 끔찍한 머리 모양 때문에, 괴상한 신발이나 걸맞지 않고 삐걱거리는 배우자, 불필요한 소문, 직업적인 질시, 아무 때나 웃음을 흘리는 헤픈 행실, 교태나 추파, 허풍과 뻔뻔한 자화자찬 때문에 관심이 흐트러지게 해서는 안 되었다. 천막 안에서 전원이 참석하는 총회가 열렸다. 때는 3월의 여름날이었으므로 기온이 38도를 훨씬 웃돌았다. 그는 어쩌다 보니 태즈메이니아 출신 시인, 〈노이에 취르허 차이퉁〉(스위스의 유력 일간지)의 문학 담당 기자, 퀸즈랜드에서 온 소설가, 시드니 출신 출판업자와 같은 패널이 되었다. 이들은 저마다 자기가 가진 지혜를 청중들의 머리 위로 부글부글 거품을 일으키듯 지껄여댔다. 청중은 대부분이 중년 여성들이었다. 그는 자신의 평가나 판단 기준이 여기서는 대체로 타당하게 받아들여지지 않으리라는 것을 파악했다. 네덜란드를 대표하는 두 신문의 외형상의 중요한 차이는 됭게르크(프랑스 북부의 항구도시)와 뒤셀도르프(독일 라인 강가의 항구도시)의 차이로 인해 어느새 시들해지기 시작했다. 게다가 좀 더 거리를 두고 바라보자, 지금의 그에게는 아득히 멀리 떨어져 있는 조국의 내부인들 사이에서 열띤 논쟁을 불러일으킨 주제들이 스와질란드에서 부족끼리 벌인 미미한 다툼이나 중세의 신학 논쟁 정도의 흥미를 끌 뿐이었다. 패널 토론이 끝나자 소설가와 시인은 텐트 바깥에 세워진 테이블에 앉아서 책에 사인을 했다. 그러나 출판업자들과 비평가들은 사인을 할 거리가 없었다. 그래서 그와 출판업자는 청중석에 있던 덴마크 작가, 문학 편집자와 나란히 와인과 유리잔 네 개를 들고서 좁은 풀밭에 앉았다. 에릭 존타크는 이내 대화에 흥미를 잃고 말았다. 출판업자와 편집자가 초판 인쇄 부수, 베스트셀러 목록, 베스트셀러와 광고의 연관성에 대해 장황하게 떠벌이는 동안 그는 인도네시아 시인이 토로하는 과장된 절규에 귀를 기울였다. 그 소리는 천막 가운데 한 곳에서 흘러나오는 것 같았다. 나무들 사이에 번지는 열대성 무더위 탓에 무기력해진 상태로 저녁용 슬라이드를 보면서는 집으로 다시 돌아가고 싶은 건가 하는 생각이 들었다. 이혼한 뒤 한동안 그는 혼자였다. 그동안 짧게 연애를 했고 바에서 친구를 사귀었으며, 나중에는 찢어버리고 말았지만 시를 쓰려고 노력도 해보았다. 그러고 난 다음이었다. 지금 생각해보면 아냐를 만난 것이 너무 빨랐다. 그때 그는 문단의 몇몇 거물에게 무차별 사격을 가함으로써 상당한 지명도를 쌓았다. 그 덕분에 그가 지금까지 일하는 신문사에서 정직원 자리를 제안받았다. 그는 신문사가 물색 중이던 바로 그런 인물이었던 것이다. 즉, '요란한 소동을 일으켜 난장판을 만들 만한' 사람. 문단이라는 연못은 너무 많은 오리와 백조들로 어지럽게 들끓는 난장판이었다. 그러므로 가끔 한 번씩 추려내어 도태시킬 필요가 있었다. 문학은 하나의 직업이 되었다. 끓어오르는 증오심을 품고 네덜란드 문학을 공부했던 돌대가리들이 하나같이 소설을 써야겠다고 나섰다. 그것은 멋지게 등단하려면 그 어느 때보다 민첩하게 서로의 뒤를 바짝 따라가야 한다는 뜻이었다. 그는 대청소 팀의 일원이었다. 그것은 더럽고 불쾌한 일이었으나 쓸모는 있었다. 그가 진심을 다해 열정적으로 말하거나 기사를 쓸 만한 책은 극히 드물었다. 매주마다 어김없이 진부하기 짝이 없는 작품들이 머리카락에 들러붙고 손톱 밑에서 스멀거리는 것만 같았다. 게다가 일 자체도 쓰라린 좌절과 실망감을 안겨주었다. 그가 진심으로 서평하고 싶은 책들은 주로 과장된 문체를 구사하는 작자에게 할당되었다. 골수 가톨릭 신자로 지방 어디에 있는 학교에서 가르치는 일을 하는 편이 더 나았을 인물이었다. 그자는 에른스트 윙거나 조르주 바타유 같은 작가를 선호했다. 그러나 그가 줄곧 서평하는 작가나 사상가에 대해 쓴 글 중에 독창적인 구절은 하나도 없었다. 그 서평은 그러므로 다른 어딘가에서 읽었던 내용을 반복하거나 흉내내는 데 불과했다. 그런데도 신문사 편집장이 그를 꾀어 아냐의 신문사에서 빼왔다. 그것은 순전히 그가 서평을 썼던 거물급 작가들을 보고 이루어진 영입이었다. 지루하고 고문하듯 긴 그의 글은 아무도 읽지 않았으나 허영을 드러내고픈 신문사라면 직원 중 한 명은 철학자로 확보해야 했던 것이다. 설상가상으로 이 작자가 늘 요점을 놓치는 것 같다는 점도 황당하기 짝이 없었다. 지적인 색맹이거나 아니면 직감과 직관이 결여된 탓이었지만, 에릭 외에는 아무도 그런 결함을 눈치 채지 못하는 듯 보였다. 이른바 네덜란드 문단의 3대 거장으로 불리는 인물들 중 최초이자 최고인 작가가 사후 출판 여정을 시작했을 때 이 작자는 즉시 또 하나의 삼두정치를 선포했다. 위계질서를 신봉하는 가톨릭 신자다운 본능이 작동한 게 분명했다. 주위에서 벌어지는 대화를 보아 하니 상황은 여기서도 전혀 다르지 않았다. 물론 오스트레일리아 작가들은 지리적으로 서로 엄청나게 떨어져 있다는 점에서 축복받은 사람들이긴 했다. 그래서 그들 사이에는 분명 질투와 파벌 인사, 뒷담화와 험담이 줄어들었을 것이다. 가장 좋은 해결책은, 그의 생각으로는, 바위투성이 북쪽 해안의 버려진 오두막에 살면서 정말로 코를 박고 읽을 만한 책을 일주일에 한 번씩 날개 달린 심부름꾼에게서 전달받는 거였다. 그러면 여자 시인이 과감하게 쓴 시 내용 중에 '수사학' 같은 화려한 말을 썼다는 이유로 조롱하는 식의 서평은 우연히라도 보지 않게 될 테니. 예이츠는 새로운 네안데르탈인을 "천박한 잠자리에서 태어난 천박한 태생의 산물"이라고 불렀다. 그러나 아냐는 그에게 불쾌해할 필요 없다며 훈계했다.

"당신이 포착하지 못한 건 새로운 세대의 작가군이 있다는 사실이야." 그녀의 말이었다. "이 작가들은 스피드에 익숙해. 저 얽히고설킨 당신의 거미줄에는 관심도 없어. 요즘은 플롯, 광기, 유머가 대세야. 거창한 사색, 철학 운운하는 헛소리와 가식적인 태도 따위는 아니라는 거지."

그렇더라도 이제 와서 새삼스럽게 노르웨이 말을 배우거나 오스트레일리아로 이민을 가기에는 너무 늦어버렸다. 그는 늙어 죽을 때까지 문학 보충기사를 써야 하리라. 신문사에서 시대정신에 보조를 맞추거나 부합하지 못한다는 이유를 들어 해고하지 않는 한, 혹은 신문사가 매각될 때까지 쉬지 않고 계속 써야 하리라. 물론 그럴 가능성도 있었다.

그는 옆의 남자가 독일식 억양이 짙게 배인 목소리로 '천사'라는 말을 하는 것을 듣고 화들짝 놀라 몽상에서 깨어났다. "이 도시에는 사방에 천사가 있어요. 어디에도 있단 말이지요!"

"맞아요. 나도 천사들을 봤습니다." 출판업자가 그 말을 받았다. "근사한 아이디어예요. 어제 나도 그 투어에 참가 했다니까요."

에릭은 그 투어에 대한 글을 읽고는 시간 낭비라고 생각 하고 무시해버렸던 게 기억났다. 그런데 출판업자가 저렇 게 열성적으로 반응하는 것으로 보아 자신이 잘못 판단한 게 분명했다. 문학 축제에 곁들여 연극과 발레 축제도 열 렸고 천사는 그 축제와 연관이 있었다. 그는 오스트레일리 아 신문 〈오스트랄리안〉에서 칼을 든 사람 크기의 천사 사 진을 본 적이 있었다. 백화점이나 주차 건물 옥상에서 포즈 를 잡은 모습이었다. 그는 그 사진이 실제 사람일까, 아니 면 그가 살던 곳에서 그리 멀지 않은 암스테르담의 싱겔 운 하에 있는 보험 회사 지붕 위에 설치된 것 같은 조각상일까 궁금해졌다.

"아닙니다." 시인이 말했다. "이 천사는 진짜예요. 나도 봤어요. 천사가 움직였으니까요. 그녀를 찾아내기가 어려웠 다는 게 정말 기묘해요. 아무튼 천사가 여성이었다는 건 확 신해요. 쌍안 망원경을 가지고 다녔거든요. 여기, 이 소책자 를 가져가세요. 나한텐 더이상 필요하지 않으니까. 전체 투어에는 몇 시간이 걸립니다." 그는 가방에 손을 집어넣더니 읽을거리로 보던 시 뭉치를 뒤적였다. 이윽고 스프링으로 제본된 소책자를 건네주었다. 투어에 참여하면 투어를 관장하는 이들이 퍼스를 지나는 미로 같은 보물찾기 경로를 지도로 만들어주는 것이다. 상세한 길 안내와 더불어 건물들 사진도 실렸다. 소책자는 릴케의 말을 인용하는 것으로 시작되었다. "천사들이 산 자들 사이를 지나가는지, 죽은 자 사이를 지나가는지 확실하지 않은 경우가 흔히 있다고들 합니다." 그 다음 인용문은 《실낙원》에서 따온 것이었다.

갈 길을 재촉하는 천사는 양손으로
머뭇대는 우리의 어버이를 붙잡고…

아담과 이브. 그는 한 번도 그들을 부모라고 생각해본 적이 없었다. 아담과 이브가 달랑 무화과 나뭇잎 하나로 벌거벗은 몸을 가린 모습으로 그려졌다는 이유 때문일까? 그런데 천사는 어떤가? 그는 천사에 대해 생각해본 게 언제였나 자문해보았다. 아니, 제대로 생각해본 적이 전혀 없었던 것은 아닐까? 천사가 유년 시절에 너무나 큰 비중을 차지했다는 그 이유 때문에? 어린 시절, 우리는 도처에서 천사를 보았다. 기도서에서, 스테인드글라스 창문에서. 가톨릭 신자라면 천사를 피할 수가 없었다. 루시퍼마저도 추락한 천사였다. 그리고 매사가 잘 돌아갈 때에는 자신을 굽어보며 보살펴주는 수호천사가 함께했다. 다양한 종류의 천사가 있었는데, 그 천사들을 모두 알아야만 했다. 세라핌과 케루빔, 좌품천사와 능품천사. 불가사의한 이유로 천사들은 절대 나이가 들지 않는 것 같았다.(중년이 된 천사는 상상조차 할 수 없었다!) 천사에게는 머리카락보다는 머리타래가 어울렸다. 발은 늘 맨발이었다. 안경을 쓰지 않는 것은 물론이다. 평범하기 짝이 없던 무언가가 불현듯 신비롭고 불가사의하게 변하는 순간이 있는 것이다. 그래서 천사들이 날개를 활짝 펼치고 날아갈 때 어떤 모습일까, 얼마나 많은 공기가 날개로 대치될까 갑자기 궁금해진 그는, 성스러운 의미뿐 아니라 공기역학적인 의미에서 의문이 들어서 축제 운영 사무실에 찾아가 '천사 찾기' 행사에 참가 신청을 하기로 마음먹었다. 이제 와서 깨달은 것이지만 결국엔 모든 것이 그렇게 귀결되었다. 천사들은 도시 전역의 다양한 자리에 숨어 있었다. 그리고 행사의 의도는 가급적 많은 천사를 찾아내라는 것이었다. 그냥 특별히 정해진 시간에 나오기만 하면 되었다. 혼자 돌아다닌다는 약속을 하고 누군가가 출발 지점에 데리고 가도 좋다고 허락만 하면 되었다. 그 누군가는 어떤 물음에도 대답하지 않도록 지시받은 사람이었다.

퍼스는 오스트레일리아의 남서쪽에 있다. 퍼스에서 가장 가까운 주도는 애들레이드인데 직선거리로 1,200마일 동쪽에 떨어져 있다. 비행기를 타고 싶지 않으면, 해안을 따라 혹은 불타는 사막을 관통해 자동차로 달려야 한다. 시드니와 멜버른, 브리즈번은 대륙만큼 떨어져 있기에 퍼스는 여러 면에서 이례적인 존재가 된다. 즉, 퍼스는 서부 오스트레일리아의 수도인데도 이 주의 다른 도시들과 잘 어울리지 않는다. 스완 강가에 자리잡았는데, 굽이치는 강물은 인도양으로 흘러든다. 퍼스도 고층 건물을 몇 개 세워놓고 진짜 도시를 닮아보려는 시도를 건성으로 해보기는 했다. 영국과 열대지방을 혼합해놓은 듯하다. 공원이 많고 꽃이 만발한 정원과 나지막한 집들이 늘어선 교외 주택가도 많다. 매사가 느리게 진행되는 더운 기후에서는 이 모든 것이 상당히 환대하는 분위기를 자아낸다. 요컨대, 퍼스는 새천년의 초입에 천사를 찾을 수 있으리라는 기대를 절대로 할 수 없는 곳이라는 게 에릭 존타크의 생각이었다. 그렇다고 그게 천사를 찾아 나서지 않아야 할 이유는 못 되었다. 누가 알랴, 신문의 기삿거리가 될 만한 괜찮은 사연을 얻게 될지? 지시 사항에 따르면 그는 오후 두 시 40분에 헤이 거리에 있는 윌슨 주차 건물의 10층에 출두하기로 되어 있었다. 고층 주차 건물은 그가 좋아하는 건축물은 아니었다. 4월이 다 되었지만 한여름이라 건물 옥상에 서 있자니 찜통더위였다. 그는 지붕 아래로 펼쳐진 퍼스를 꼼꼼하게 훑어보았다. 햇빛을 받아 반짝이는 스완 강물이 가없는 바다로 사라져가는 광경을 바라보았다. 네덜란드 상인들이 처음으로 이 대륙을 본 지점이 바로 여기였다. 그런데 값나갈 만한 것을 하나도 찾지 못하자 그들은 코웃음을 치며 무시해 버렸다. 금도, 육두구도 없는 땅이라니. 이상야릇한 털이 덮인 동물들이 걷지는 않고 뛰어다닐 뿐이었고, 선주민도 그들이 꿈꾸었던 모습과는 영 딴판이었다.

그는 10층에서 자신을 기다리는 듯 보이는 청년과 마주쳤다. "존타크씨?"

"그런데요?"

"여기 소책자가 있습니다. 존타크씨가 반드시 따라가야 할 경로가 여기에 나와 있어요. 이 신사 분이 배럭 아치까지 태워다드릴 겁니다. 거기가 출발 지점인 셈이에요. 전체 시간은 세 시간쯤 걸리고요. 마지막에는 이곳으로 되돌아오게 되어 있는 여정입니다." 그는 낯선 사람 옆에 말없이 앉았다. 그가 벽돌 건물까지 태워다주었다. 거기서 또 다른 남자가 말없이 문을 열어주더니 그만 혼자 남겨두고 떠났다. 먼지투성이 계단통, 계단참에 수북이 쌓인 쓰레기더미, 바람에 날려 들어온 메마른 유칼립투스 잎사귀들, 오래된 신문들, 불그스레한 갈색 페인트가 칠해진 계단. 침묵. 텅 빈 방, 벌어진 슬리핑 백, 창턱에 놓인 한 쌍의 스냅사진. 이런 게 죄다 무슨 의미일까? 그는 단서를 잘 따라가고 있을까? 불분명한 지도. 그가 알아볼 만한 장소는 하나도 없고, 항공사진들과 거미줄만 보인다. 인근 고속도로의 왁자한 소리들. 이곳은 6차선 도로였다. 저 자동차들은 어디서 온 걸까? 퍼스는 **저렇게** 큰 도시가 아니었다. 그의 귀에 자신의 발자국 소리가 들렸다. 그 어디에도 천사는 보이지 않았다. 그게 무엇인지는 모르지만 그가 보아야 했을 그 무언가를 놓쳐버린 게 틀림없었다. 어쩌면 이 모든 게 터무니없는 장난질인지도 몰랐다. 그는 좀 불편한 기분이 들었고 피곤하기도 했다. 쉬지 않고 비행기를 탔던 게 아직도 그의 몸을 엉망으로 만들고 있는 듯했다. 왜 그는 이 말도 안 되는 헛짓거리를 하겠다고 나섰던 걸까? 안내 책자에 따르면 배럭 아치에서 벗어났을 때 왼쪽으로 돌아 조지 테라스 240번 가까지 언덕길을 내려가야 했다. 그는 평소 하던 대로 걸었다. 다른 행인들 사이에 섞인 보행인처럼. 저 행인들은 내 사정을 알 수가 없다고 그는 생각했다. 난 지금 천사를 찾아다니는 중이지만 사람들은 그걸 모르지, 그리고 내가 그 말을 하면 사람들은 날더러 미쳤다고 할 거야. 그 마지막 부분이 그의 마음을 끌어당겼다. 그는 여느 때 같았으면 의식하지 못했을 것들이 눈에 들어온다는 사실을 깨달았다. 말하자면 그 어떤 것도 단서, 열쇠, 암시가 될 수 있었다. 잠시 후 그는 몇 마디 휘갈겨 쓴 메시지만 놓여 있고 가구도 없이 휑뎅그렁한 방 안에 자기도 모르는 사이에 들어와 있었다. **앤, 너 어느 귀퉁이에 있니? 시간도 잊은 채?** 이 메시지 다음에는 먼지투성이 나뭇잎이 한 무더기 보였고, 바퀴가 빠진 살, 건물 입구의 통로, 닫힌 철문이 나타났다. 그러다가 난데없이 《실낙원》에 나오는 몇 줄의 글귀가 난간에 매달려 있었다. 낙원에서 날개를 단 천국의 경비원에게 쫓겨난 아담과 이브가 마지막으로 한 번 뒤돌아보는 내용이었다.

갈 길을 재촉하는 천사는 양손으로

머뭇대는 우리의 어버이를 붙잡고 동쪽 문으로

곧장 이끌고 가네, 그리고 벼랑 아래 들판에

재빨리 내려놓고는 사라져가네.

그런데 그 말이 맞았다. 그의 눈앞에 보이는 것은 한심하리만치 비좁은 무인지경이었다. 녹슨 냉장고, 말라비틀어진 잔가지들, 모래, 잡초, 휑한 콘크리트 벽. 뒤쪽도 별반 나을 게 없었다. 텅 빈 엘리베이터 통로, 끊어진 전선은 전력이 차단된 지 오래여서 어디로 이어지는지 알 수 없었고 천사는 보이지 않았다. 여기는 낙원이 영원히 사라진 상태였다. 만일 그들이 절망감을 불러일으키고자 했다면 그 의도는 어느새 효과를 발휘했다. 에릭은 자신도 모르는 사이에 원죄, 고해실, 그리고 그와 어울리는 케케묵은 냄새를 떠올리고 있었다. 반쯤 어둠에 싸여 잘 보이지 않는 그늘진 입술에서 퀴퀴한 담배 연기가 새어나오고 죄와 참회를 읊조리는 장면을.

아니다, 이런 것들은 유쾌한 생각이 아니다. 어쩐지 감시당하고 있는 기분이 들어서 그는 몰래 카메라를 찾아 벽마다 살펴보지만 하나도 보이지 않는다. 선택은 명확하다. 지금 당장 포기하고 말거나 아니면 다음 단서를 찾아 나아가는 것, 둘 중의 하나다. **패러건 로비로 가시오, 5층까지 엘리베이터를 타고 6층은 계단을 걸어서 올라가시오.** 텅 빈 사무실, 바닥의 먼지, 길게 줄지어 늘어선 철재 캐비닛들. 그가 세어 본 바에 따르면, 캐비닛은 스물아홉 개가 있다. 나머지 공간은 새장 두 개를 빼면 텅 비었다. 새장에는 새가 두 마리씩 들었다. 새장 하나에 붙어 있는 찢어진 라벨은 아무것도 씌어 있지 않은 백지였다. 에릭과 새들은 서로를 노려본다. 사람과 동물이 그러듯이, 메울 길 없는 거리를 사이에 두고서 멍하니 쳐다보는 시선이다. 그는 다시 밖으로 나간다. 과거에 부엌이었던 데를 지나 철재 계단을 한 칸 올라간다. 자신의 발자국 소리가 쿵쿵 울려온다. 어느새 또 다른 텅 빈 사무실에 와 있다. 이 방에는 서류용 캐비닛이 아니라 책이 가득한 철재 상자가 있다. 책들의 제목은 모두 하나님이나 성인들처럼 초기 영국 국교도의 삶과 연관된 것이다. 거기서 좀 떨어진 곳에 상자가 하나 더 있다. 상자 속에는 하얀 깃털이 가득하다.(어쨌거나 천사들은 어딘가에서는 출발을 해야 하니까.) 천사 케루빔이 가득한 베개를 누군가 제대로 흔들어놓은 것만 같다. 빌딩을 도망치듯 빠져나오는데, 한 남자가 쪽지 하나를 그의 손 안에 구겨 넣는다. **뱅크 웨스트로 가는 길에 헤이 스트리트 숍에 들르기 바랍니다. 숍은 크루아상 익스프레스와 에듀시나 카페 사이에 있습니다.** 그는 지시대로 따른다. 자신이 묵는 호텔이 멀지 않을 거라는 생각이 든다. 그런데 이제는 모든 게 달라 보인다. 그는 평범한 행인이 되고 싶지 않다. 그러나 감시 모니터에 뜬 자신의 모습이 얼핏 눈에 들어오자 놀랍고 기분이 좋지 않다. 선악을 알게 하는 지식의 나무에서 누군가 사과를 이미 따버린 게 분명하다. 보도에 사과가 한 상자가 놓여 있었기 때문이다. **사과 한 알을 가져가시오.**

뱅크 웨스트 건물 안은 서늘하다. 열대 지역에서 에어컨 바람이 일으키는 냉기가 갑작스럽다. 푸른 옷을 입은 젊은 여자가 일어서더니 그의 손을 잡아끌다시피 해서 엘리베이터에 태운다. 그녀가 46층을 누른다. 위로 올라가는 동안 엘리베이터에 타는 흰 셔츠 차림의 사무원들은 천사 찾기 행사와는 하등 관계없는 이들이다. 그러나 그가 46층에 다다르자 흰 셔츠 차림의 또 다른 남자가 책상 앞에서 일어나 문을 열어준다. 그러고는 그가 방으로 들어가자 문을 닫는다. 그는 중역실에 홀로 남겨진다. 팩스가 다량의 하얀 종이를 토해내는 소리를 가만히 듣는다. 종이 가운데 하나를 집어서 《실낙원》에서 따온 스물네 줄을 읽어본다. 책상 위에는 다양한 프로젝트에 관련된 서류철이 놓여 있다. 컴퓨터 화면에 뜬 문자 메시지는 "…당신이 오면 나는 당신에게 깨끗한 베개를 내놓겠습니다. 이 방과 이 봄에는 오직 당신만 들어 있습니다." 잠시 후 화면은 천사 왕국의 위계질서로 바뀐다. 대천사, 능품천사, 역천사로. "어서 오라. 죽음이 임박했나니. 영원을 조금씩 맛보기 전에 우리에겐 속죄해야 할 것이 많도다. 장미 침대에서 치품천사 세라핌

198

이 편히 잠들고….” 여전히 영원에 대한 열망이 생기지 않은 그가 창가에 서서 고속도로 위로 끝없는 물결처럼 흘러가는 자동차 행렬을 물끄러미 내려다본다. 방을 나서다가 덴마크 작가와 맞닥뜨린다. 이건 분명 이 행사와 상관없겠지? 둘은 뒤가 구린 듯 께름칙한 표정을 주고받는다. 그러고는 동시에 손가락을 들어 입술에 댄다. 그의 등 뒤로 달라붙은 잿빛 스커트 차림의 젊은 여자가 보인다. 천사일까? 여자는 그의 시선을 외면하고 활보하듯 이리저리 돌아다닌다. 마치 그 자리를 전세라도 낸 듯. 창밖으로 언덕 쪽을 바라보고 아득히 먼 바다도 바라본다. 플라스틱 물병을 손가락으로 갖고 놀기도 한다. 또다시 그에게는 이 모든 일이 터무니없고 어리석기 짝이 없다는 생각이 든다. 그는 왜 여기에 있나? 텅 빈 사무실에서, 방 안에 앵초꽃이 만발한 화분 두 개만 달랑 놓인 여기서 지금 뭘 하고 있는 걸까? 쓸만한 집기들이 있는지 샅샅이 살펴보고 있는 걸까? 그래도 이미 시작했으니 멈추고 싶지는 않다. 그런데 그의 끈기가 드디어 보상을 받았다. 작고 별다른 특징이 없는 교회, 날마다 지나쳤던 교회에서 처음으로 진짜 천사들을 본 것이다. 성가대 칸막이 안쪽에서 팔 하나쯤 사이를 두고 떨어져 앉아 있는 두 남자를. 그들은 분명 숨 쉬는 육체를 가진 인간이지만 정말로 날개가 달려 있다. 그는 스테인드글라스 창문으로 흘러들어오는 희미해진 빛 속에 앉아서 천사들을 응시한다. 그들도 그의 시선을 되받아 그를 응시한다. 그 누구도 한 마디 말이 없다. 천사들은 날개를 다시 가지런히 추스른다. 백조나 참새들이 하듯이. 잠시 후 그는 교회를 떠나 좁은 샛길로 들어선다. 그 길은 안뜰로 이어지고 뜰에는 쓰레기통들이 수북이 쌓여 있다. 잠시 후 그는 세 번째 천사를 찾아낸다. 철사를 파도 모양으로 엮은 울타리 뒤에 앉은 스포츠형 머리의 남자, 골판지 상자로 가득한 새장 속에 갇힌 천상의 포로를. 그는 남자가 있는 쪽으로 발걸음을 떼지만 그때 태즈메이니아 시인이 눈에 띈다. 이 투어에 두 번째로 참가하고 있는 게 분명하다. 새장 맞은편에 서서 천사를 갈망하는 눈길로 빤히 쳐다보고 있다. 무슨 약속이라도 받아내려는 듯이. 시인이 떠나는 순간, 천사의 응시하던 눈길에서 긴장이 풀린다. 그는 무릎을 꿇고 앉아 있다. 그런데 에릭이 다가가자 다시 말없이 얼굴만 마주하는 상태가 된다. 새들과 마주보고 있을 때보다 훨씬 더 불편하다. 그 후로는 빠르게 천사의 행렬이 이어진다. 그는 자기 앞에 놓인 보이지 않는 투명실을 따라간다. 건물에 들어갔다가 나오고 휠체어에 앉아 있는 천사, 날개를 팔걸이에 축 늘어뜨리고 몸은 마비된 천사를 본다. 바닥에 누워 있는 남자에게 발이 걸려 넘어질 뻔한다. 남자의 맨발은 방심한 자세로 발목부터 꼬여 있고 흰 날개를 더러운 잿빛 양탄자 위에 펼쳐놓았다. 다음에는 창가에 앉은 흑인 여성 둘이 그를 보고 미소를 짓지만 말은 하지 않는다. 단서와 메시지들은 시종일관 불쑥 내밀어진다. **당신이 느낄지 모를 고통에 대해 심심한 유감을 표합니다. 부디 전화 주세요.** 누구한테 전화하라는 걸까? 전화번호는? 그 메시지는 방 안의 다른 집기들만큼이나 의미심장하다. 깃털이 가득 담긴 채 열린 서랍, 누렇게 바랜 〈웨스트 오스트랄리안〉지 한 부, 에델버트 네빈(19세기 말~20세기 초에 활동한 미국의 피아니스트이자 작곡가)의 '묵주'라는 노래 악보, 지붕에 여기저기 흩어진 하얀 소금 알갱이들. 나중에 그는 점점 더 기묘함을 더하며 이어지는 이 터무니없는 것들이 불가불 그 작은 방으로 이끌었다는 것을 믿게 된다. 그 방에, 지금 그에게 마사지를 해주는 여인이, 그때는 얼굴을 벽 쪽으로 돌리고서 장식장 안에 누워 있었다. 그때도 이미 그는 그것이 영영 잊지 못할 순간임을 알았다. 층계참 사이로 일련의 계단을 오르고 올라서 마침내 텅 빈 층에 다다랐고, 그 다음에는 더러운 창문이 있는 방에 이르렀다. 그 방의 창문 밖으로 식별할 수 있는 것은 고층 건물들의 윤곽뿐이었다. 그리고 마침내, 장식장 안에 옹크린 저 조그마한 몸, 회색빛 날개로 몸을 반쯤 가린 모습이 보였다. 한순간 그는 그 모습이 소년이거나 아니면 어린아이일 거라 생각했다. 그는 날개를 뚫어질 듯 바라보았다. 날개는 진짜 깃털로 만들어진 것이었고, 아주 솜씨 좋게 붙여져서 소름이 돋을 정도였다. 누가 알겠는가. 어쩌면 이 여자가 정말로 날아갈 수 있을지. 얼핏 검은 머리카락과 연한 갈색 피부가 보였다. 그의 귀에 그녀의 숨소리가 들려왔다. 그녀는 근육 하나도 움직이지 않았다. 그런데도 누군가 그 방 안에 있다는 걸 감지했다.

· II ·

그녀가 그의 어깨를 톡톡 두드리면서 돌아누우라고 한다. 한순간 그는 여전히 거기, 그 과거 속에 있다. 그 작은 방으로 돌아가 있다. 그는 몸을 돌려 등을 바닥에 대고 눕는다. 하지만 아직은 그녀의 얼굴을 바라볼 준비가 되어 있지 않다. 그때도 얼굴을 볼 수 없었다는 게 한 가지 이유가 되리라. "그게 어떤 기분인지 말해줘." 그가 말한다.

"그게 어떤 기분인지는 당신도 알잖아요."

"아마도. 그렇더라도 말해줘."

"오랫동안 거기에 서 있던 사람이 당신 하나만은 아니었어요. 우리는 그런 상황에 대처하도록 훈련을 받았지요. 우리에게 그건 배역이었을 뿐이에요. 그런데도 저항할 수 없도록 끌어당기는 힘이 있었죠. 양쪽에서요. 우리는 그런 걸 견뎌내야 했어요. 당신 경우는 달랐어요. 강렬한 느낌을 받았죠. 당신이 나를 쳐다보는 게 레이저광선을 쏘는 것 같았어요. 게다가 숨소리도 들렸고요. 당신은 한 번 기침을 했죠. 다음 날 당신이 다시 왔을 때 난 그 소리라는 걸 알아챘지요. 당신이 손을 뻗어 나를 만진 건 바로 그때였어요."

"그리고 당신은 몸을 뒤척였지."

"그래요, 하지만 나중에 가서야 그랬어요."

그녀는 그가 얼마나 간절히 하나라도 물어보고 싶어하는지, 그 심정을 안다. 그러나 지금은 적당한 때가 아니다. 그녀는 이전에 일어난 일을 모두 알고 있다. 그녀가 닿을 수 없는 존재가 된 이유를, 그로서는 도저히 알 수 없는 것들을. 그녀는 마음이 흔들릴 뻔했지만 그에게 그 이유를 절대 말하지 않을 것이다. 그것은 연민 같은 것과, 그전의 몇 주일 동안 그녀에게 일어났던 일들과 관련된 무엇이었으므로. 그는 그녀가 누구인지 알 도리가 없었다. 그래도 괜찮았다. 그녀도 그의 사연을 몰랐다. 그것 역시 괜찮았다. 상황이 그렇게만 지속된다면.

그런데 그는 어떨까? 오스트레일리아의 어느 방 안에서 바닥에 누운 천사를 응시하며 서 있는 남자. 천사란 신화적인 존재이다. 그러나 오늘날에는 천사가 키치 문화, 풍자와 반어, 아니면 연극의 영역으로 그 지위가 격하되었다. 그래도 옹크리고 있던 그 조그마한 몸과 맨발, 온전하게 여성적인 그 존재(그는 겉모습이 소년처럼 보여도 여자라고 확신했다.)는 그의 마음속에 무언가를 불러일으켰다. 두려움, 부드러움, 욕망. 그 느낌이 그로 하여금 그녀가 몸을 일으켜 세우고 날개를 활짝 펼치는 모습을 보고 싶게 만들었다. 어이없게도 먼지투성이 바닥에 축 늘어져 있는 날개를. 그러나 그는 차마 한 마디도 하지 못했다. 계단에서 들려오는 발자국 소리를 듣고서야 슬그머니 자리를 떴을 뿐이다. 그날 밤, 그는 잠을 이룰 수 없었다. 비평의 기능을 주제로 한 논쟁에 솔로몬 제도에서 온 작가와 함께 참가했다. ("우리나라에는 문예비평이라는 게 아예 없습니다. 그래서 오스트레일리아 사람들은 우리를 무시하지요. 우리의 좋은 점은 아무도 험담을 하지 않는다는 거예요. 반면에 자기 존재가 없다는 게 단점이지요.") 논쟁이 끝난 뒤에는 덴마크 작가와 어울려 술을 마시고 취했다. ("천사들은 다 배우예요. 그건 그냥 놀이일 뿐이라고요. 날개 없는 그들 모습을 보고 싶다면 축제가 열리는 빌딩에 있는 술집에 가보면 돼요. 그 사람들 거기서 밤늦도록 노니까요.") 그래서 그는 들은 대로 했다. 그러나 그녀를 어렴풋이라도 닮은 사람은 하나도 보이지 않았다. 얼굴도 보지 못한 사람인데 어떻게 그 사람인지 알아볼 수 있겠는가? 날개가 없는 그녀의 모습을 머릿속으로 그려보려고 했다. 옹크렸던 몸을 펼쳐서 일으켜 세워보려 했지만 도저히 불가능했다.

그 다음 날이 축제의 마지막 날이었다. 그는 그 거리 이름과 그 집의 번지수를 재빨리 적었다. 그리고 그날은 멍하니 보냈다. 다시 찾아갈 용기가 날까봐 염려하면서, 10대처럼 마음을 졸이면서. 그날이 저물 무렵, 그는 페인트칠도 안 되어 있는 계단을 올라갔다. 그녀는 똑같은 자세로 누워 있었다.

어디에선가 읽었던 '인생이란 도처가 위험천만한 도박과 환상이다'라는 글귀가 머릿속에 자꾸만 맴돌았다. 누가 한 말인지는 기억나지 않았다. 읽었을 때의 문맥도 기억나지 않고, 그 의미도 그다지 명확하지 않았다. 그 집에 감도는 침묵은 정말이지 섬뜩했다. 그러나 위험은 어디에 있는 걸까? 방 안으로 발걸음을 떼었을 때 그는 자신의 발자국 소리를 들었다. 그녀도 그 소리를 들었음이 분명했다. 그는 미동도 하지 않는 그녀의 몸, 맨발, 그리고 날개를 뚫어질 듯 응시했다. 그가 무슨 말을 하면 어떻게 될까? 마치 벽돌을 거울에 내던지는 것 같으리라. 유리가 산산이 부서지는 소리, 투명하고 날카로운 소리 뒤에는 또다시 침묵이 따르리라. 닿을 수 없는 것을 더럽히게 될 침묵. 그는 앉아서 벽에 몸을 기댔다. 모든 것이, 그 긴장감, 올가미가 금방이라도 튀어 올라올 것 같은 기분이 무게가 없는 시간을 납처럼 무겁게 만드는 데 공모했다. 누군가 다가오는 소리를 들었다고 생각했지만 그것은 빗나간 두려움이었다. 그는 그녀의 날개를 손가락 끝으로 스치듯 만져보았다. 한없이 가벼운 접촉.

"제발 가주세요."

"그럴 수 없소. 당신과 얘기하고 싶어요." 그것은 사실이었다. 그는 떠날 수가 없었다. 그를 둘러싼 모든 것이 더 무겁게 내려앉았다. 그의 몸, 그가 오스트레일리아에 도착한 뒤 했던 토론들, 비행, 이상한 도시, 새로운 얼굴들. 이전의 모든 것들도 마찬가지였다. 그의 생활, 일, 결혼에 실패한 뒤 만난 아냐, 마무리 짓지 못한 채로 서랍 어딘가에 처박혀 있을 F. C. 테르보르흐(네덜란드의 신문가이자 시인) 주제의 박사 논문. 잠을 자고 싶은 갈망이 걷잡을 수 없이 덮쳐왔다. 그는 눕고 싶었다. 그녀처럼, 저 더러운 나무 바닥, 장식장 앞에 드러누울 수만 있다면. 갑자기, 무슨 일이 벌어질지에 대해서는 아랑곳하지 않게 되었다. 그녀가 비상전화를 걸지도, 벌떡 일어나서 쑥 내민 그의 몸을 훌쩍 뛰어넘어 계단 아래로 달려 내려갈지도 몰랐다. 그런 일이 생긴다면 그는 그 뒤를 가다가 도움을 요청하는 그녀의 전화를 처음으로 받은 경찰관에게 폭행죄로 체포될 게 분명했다.

"제발 가주세요." 그 짧은 두 마디가 침묵 속에 감돌았다. 어딘가에 새겨지기를 기다리는 것처럼. **"제발 가주세요."** 억양이 로망스어 같았다. 그렇다면 그녀는 어디에서 온 것일까? 스페인? 루마니아? 아니었다. 그러기에는 억양이 너무나 부드럽고 아름다웠다.

바깥에서 시계가 여섯 시를 알렸다. 축제는 공식적으로 끝난 것이다. 숨을 죽인 채 그는 그녀가 움직이는지 보려고 기다렸다. 그런데 그녀는 다시금 그를 놀라게 했다. 나중에

서야 그녀가 그 날개를 달고 어떻게 그토록 날렵하게 일어
날 수 있었는지 설명이 불가능하다는 걸 깨달았다. 마치 팽
이가 팽그르르 도는 것만 같았다. 어쨌거나, 그녀는 나사처
럼 빙 돌며 몸을 펴고 일어났다. 한 번 쓰윽 움직이는가 싶
더니 누웠던 자세에서 어느새 일어나 다리를 꼰 자세로 앉
았다. 날개는 뒤에 접은 채로. 그 순간, 그는 깨달았다. 절대
적인 확신이었다. 저 얼굴을 보려고 며칠을 기다렸어도 좋
았으리란 것을. 그 얼굴을 딱히 뭐라고 묘사할 수는 없었으
리라. 개방적이면서 폐쇄적인 얼굴, 고요하면서도 불안했
으며, 도전적이면서도 수줍은 표정이었다. 그러나 호감 넘
치는 표정이기도 했다. 두 번째로 그 얼굴을 보고 있는 지
금에야 이해할 수 있는 바, 그것은 덫과 같았다. 회색빛 눈
과 살짝 벌어진 입술은 조롱 섞인 방관자의 모습이었다.

· 12 ·

그녀는 손을 그의 어깨뼈 사이에 잠시 내려놓았다. 조금 뒤에는 몸을 돌리고 팔을 들어 올렸다. 마치 그의 몸에서 무언가를, 고통, 피로, 슬픔을 퍼내어 허공에 날려버리는 기분이 드는 손짓이었다. 이 손짓은 시간이 다 되었음을 알리려고 마사지사들이 가끔씩 쓰는 제스처였다. 그는 일어나 앉으려고 했지만 그녀가 저지했다. "잠시만 기다려요. 당신에게 심층 마사지를 해드렸거든요. 당신이 잠에 빠졌을 거라고 생각했는데."

"얼마나 오랫동안 나를 마사지해주고 있었던 거지?"

"한 시간 좀 넘게요. 다음 예약이 없었기든요. 그래서 좀
더 오래 해드렸어요."

"그런데 그 시간 동안 나는 3년을 거슬러 올라갔어. 당신
은 잊었을지 모르지만, 우리가 마지막으로 만난 지 꼭 3년
이거든."

"난 잊지 않았어요. 물론 당신은 제게 왜냐고 그 이유를
물어볼 테죠."

"무슨 이유를?"

"제가 왜 사라졌는지."

"왜 연락하지 않았지?"

"할 수 없었어요."

"왜 내게는 연락을 하겠노라 약속했던 거지?"

"그것 말고도 제가 약속했던 게 또 있어요."

"뭐지?"

"당신을 다시 만날 거라는 약속."

"말도 안 돼. 이곳에서 마주치는 건 순전히 우연의 일치
일 뿐이야. 아주 기이한 경우지. 당신은 킨샤샤(중앙아프리카
에 있는 콩고공화국의 수도)에 가 있을 수도 있었어. 어쨌거나,
이 눈 덮인 산꼭대기에 뭐하러 온 거지? 난 당신이 마사지

사라는 것조차 몰랐는데."

"마사지사로 일한 지는 벌써 여러 해가 되었어요. 교육 과정과 모든 절차를 마쳤어요. 이 일을 하면 언제든지 밥벌이를 할 수가 있으니까. 오스트리아에 있건 오스트레일리아에 있건. 모든 나라가 당신 나라 같지는 않거든요. 실직해도 실업수당을 받을 수 있는 나라잖아요."

"그런데 여기는 왜?"

"특별한 이유가 있는 건 아니에요."

"남자?"

그녀가 손목을 가볍게 털어 보였다. 마치 볼일없이 마음 한켠에 남아 있던 남자를 몸짓 하나로 내던져버리기라도 하듯이.

"저한테는 어디 있는지가 그렇게 중요했던 적이 없어요."

"그때도 당신은 그렇게 말했었지. '세상이 내 집'이라고. 그런데 말이지, 그 말이 나를 정말 흥분시켰어." 그는 일어서서 실내복을 움켜쥐었다. 무슨 말인가 하고 싶었으나 그게 무언지 확실하지 않았다. "난 미친 듯이 당신에게 빠져들었지."

"알아요, 당신이 애처로울 만큼 열렬했다는 거."

"그래서 당신은 나를 비웃었던 건가?"

"아니, 완전히 정반대였지요. 전 겁에 질렸어요. 그 모든 일이 너무나 순식간에 일어났거든요. 광포할 정도로 열광적이었으니까요."

"그건 순전히 파티 때문이었어. 그 순간에 나는 오로지 내 삶을 몽땅 내버리고 떠나고만 싶었지." 그날 밤 내가 물에 빠졌다 할지라도 개의치 않았을 거야. 하지만 그는 이 말은 하지 않았다.

"그건 날개 때문이었어요. 당신만 그런 게 아니거든요. 그 마지막 날 밤에 기이한 일들이 많이 벌어졌어요."

"아니, 날개 때문은 아니었어. 그날이 내게 마지막 날이었다는 게 더 큰 이유였지. 내 비행기는 아침에 떠날 예정이었고 더이상 원하지 않게 된 삶으로 되돌아가리라는 걸 알았어. 그리고 난 당신이 이해한다는 느낌을 받았지…. 당신도 느꼈을 거라고…."

그는 그녀를 바라보았다. 예전에도 저 차가운 회색빛 눈동자에 어린 표정을 읽을 수가 없었다. 그는 바보였다.

"저도 느꼈어요…." 그녀가 되뇌었다. 마치 그의 말을 골똘히 생각하고 있는 듯했다. 그리고 고개를 저었다. "아니에요." 그녀가 말했다. "전 저 자신을 너무나 잘 알아요. 그렇게는 되지 않았을 거예요. 당신은 해외통신원이 되고 싶다고 했죠. 그리고 제가 어디든지 한곳에 오래 머문 적이 없다고 하니까 당신이 그랬어요. 제가 가는 곳이면 어디든 가겠다고, 당신은 어디에서도 글을 쓸 수 있다고. 전 그런 말을 수도 없이 들었어요. 꼭 그렇게 말하지는 않았더라도…. 그 누구도 제가 사는 삶의 방식을 감내할 수 없어요. 게다가 전 당신이 여자친구에게로 돌아가 석 달만 지나면 절 잊을 거라는 걸 알았지요. 그리고 제 생각이 옳았어요."

"자신에 대해 그렇게 확신한다면 왜 내게 전화하지 않았지?"

"위험을 무릅쓰는 짓은 하고 싶지 않았으니까요." 그녀는 이 말 뒤에 갑자기 대화의 주제를 바꾸었다. 대화가 이미 끝났음을 알리듯이 이렇게 말했다. "여기 얼마나 오래 계실 거예요?"

"내일이 마지막 날이야."

"그게 당신 장기인 것 같네요."

"그렇게 보이기도 하겠군. 우리 어디서 만날까?"

"아니오." 그녀가 말했다. "그건 규정에 어긋나요." 그녀는 예약 기록을 확인했다. "당신을 내일 아침으로 예약해놓았어요. 그러니 그때 만나면 되겠네요, 안녕히 가세요."

"안녕."

"기억나나요?" 문가에서 그녀가 물었다. "그날 밤 제가 당신에게 한 마지막 말을?"

그러나 그는 기억나지 않았다.

· I3 ·

그날은 그들의 마지막 밤이어서 르네이트가 연어 무스를
좀 넉넉하게 내놓았다. 에릭은 자기 몫의 롤빵을 마지막 섬
유소까지 꼭꼭 씹어 먹었다. 그동안 크뢰거 박사는 자궁외
임신의 잔혹한 측면에 대해 장광설을 늘어놓았다. 이를테
면 태아의 조직에 영혼은 없는데 머리카락과 작디작은 손
톱은 있다는 거였다. 에릭의 마음은 딴 데 가 있었다. 아냐
에게서 편지가 왔지만 답장하고 싶은 마음이 들지 않았다.
어느새 밤이 내려와 창밖 키 큰 나무들의 하얀 우듬지를 조
금씩 삼켜가고 있었다. 그는 건물 안을 헤매고 다녔다. 사

우나에 들렀다. 뜨거운 열기를 쐬면 울렁대는 마음을 차분히 가라앉힐 수 있을까 기대하면서. 끝닿는 데까지 수영을 해서 녹초가 되기도 했다. 그러고는 식당으로 내려가 잠자리에 들기 전에 마시는 차를 한 잔 마셨다. 언제나 찬장 위에 마련되어 있는 쓰게 달인 차였다. 그러다가 결국 잠자리에 들었으나 잠은 완강히 거부하며 찾아오지 않았다. 집에 있었더라면 브랜디를 더블로 들이켰을 테지만 여기서는 불가능했다. 그는 입술로 이빨을 훑었다. 야심한 시각에 마신 차의 쓴맛을 문질러 없애버리고 싶었는데 그 역시 소용없었다. 그녀가 한 말은 사실이 아니었다. 그는 석 달이 지난 후에도 그녀를 잊지 않았다. 3개월은 물론이고 3년이 지난 후에도 잊지 않았다. 전혀 잊은 적이 없었고 앞으로도 영영 잊지 못할 것이다. 3년 전, 여행에서 돌아온 뒤에 그가 그녀에 대한 얘기를 어찌나 많이 했는지 모든 사람을 돌아버리게 만들 정도였다. 특히 아냐를.

"난 당신이 즐긴 걸 두고 시샘하는 게 아니야. 점잖은 자가들을 빠짐없이 괴롭힌다 한들 내가 알 바 아니지. 그래도 당신의 그 천사 얘기는 한 마디도 더 듣고 싶지 않아. 그 여자가 그렇게 환상적일 만큼 멋졌다면 아예 거기 그대로

눌러앉지 그랬어. 누가 알아? 당신한테도 날개가 돋아났을지? 짜증나, 남자들이란 죄다 한심하기 짝이 없어. 한 여자가 날개를 달고는 장식장 안에 웅크리고 앉았다고? 잘났어, 정말. 그래도 그 여자는 날 수가 없어. 그걸 펄럭거리며 섹스를 한다면 불편할 게 뻔하지. 그런데, 그 날개는 대체 어떻게 붙였대? 고무줄이나 뭐 그런 걸로 했나?"

·14·

똑같은 장소, 똑같은 인물들.

마사지 테이블에 눕기 전에 그는 절대로 묻지 않겠다고
다짐했던 질문을 결국 뱉고야 말았다.

"우리 다시 만나게 될까?"

"우리는 이미 다시 만난 거예요! 그날 밤에 내가 당신에
게 마지막으로 했던 말 기억났나요?"

아니, 그는 아직도 도무지 알 수가 없었다. 그 광란의 밤
은 오롯이, 그 혼란과 아수라장은 그의 기억 속에 아로새겨
져 있었다. 바다, 밀려와 부서지던 파도, 바닷가를 뛰어다니

던 날개 달린 사람들, 술, 사이렌 소리, 껍질이 벌레 먹은 듯 보였던 귀신 같은 고무나무들의 음험한 실루엣까지도.

"엎드려주세요." 그는 그녀의 지시에 따랐다. 그러나 얼굴을 테이블 쪽으로 내리기 전에 물었다. "나를 마사지하는 게 불편한 기분이 들지 않나?"

"세상에나, 아니에요. 이건 제 직업인걸요. 긴장을 푸시고 과거를 파헤치고 돌아다니는 거 그만두세요. 그렇지 않으면 마사지를 해도 아무 소용이 없어요."

그는 그 광경을 또다시 떠올렸다. 마치 어제 벌어진 일 같았다. 텅 빈 장식장만 놓인 횅한 방. 깃털 하나가 바닥에 떨어져 있어서 그는 그걸 집어 들었다. 서로 알게 된 지 반 시간밖에 되지 않은 때였다. 그녀가 그의 앞에 섰다. 조롱과 의심으로 가득한 표정의 소년 같은 천사. 옆방에서 전화벨 소리가 세 번 울리다가 멈추었다. 잠시 후에 또 울렸다. 세 번 더.

"저건 신호예요." 그녀가 말했다. "축제가 끝난 거죠. 그러니까 이제 천사들은 집으로 돌아가도 돼요. 당신은 정해진 경로를 다 거쳐 오지 않았어요."

"난 어제 다 끝냈소."

그는 주차 건물로 다시 돌아가서 마지막 천사를 보았던 일을 기억했다. 그 거리 맞은편의 주차 건물 옥상에 있던 그 천사는 근엄했고 사람 실물 크기였는데, 도시 전체를 바다 속으로 몰아넣으려는 기세로 칼을 휘둘렀다. 그런데 이 천사가 남자가 아닌 여자였다고 태즈메이니아 시인은 말했다. 들고 다니던 쌍안 망원경으로 그녀를 보았다고 했다.

전화벨이 울리고 난 뒤 그녀는 방을 나가면서 그에게 기다리라고 손짓했다. 그는 지저분한 창문 밖을 물끄러미 바라보았다. 먼 하늘이 붉게 물들어가는 광경을 지켜보았다. 흑백으로 줄무늬 진 이상하게 생긴 구름도 바라보았다. 오스트레일리아의 구름은 정말로 금빛 은빛 보석으로 빼곡히 채워진 것만 같았다. 불과 일주일 만에 그는 이 나라와 형언할 수 없는 사랑에 빠져버렸다. 이 나라에 들어올 때에는 아무 기대도 없었다. 그냥 미국 같은 나라이겠거니 했다. 그러나 예상과 전혀 다른 나라였다. 모든 이의 얼굴에서 빛나는 광활한 대지와 자유에 대한 감각이 드넓은 하늘을 내달리는 구름의 모습으로 드러나는 듯했다. 그는 간절하게 그 구름을 따라, 그 사람들을 따라 지도에서 보았던 불타는 모래 벌판 속으로, 저 텅 빈 대지 속으로 들어가고 싶었다.

동경하는 마음을 품고서 호주 선주민 말에서 따온 낯설고 신기한 이름들을 가만가만 읊조려보았다. 주문이나 맹세처럼. 그러나 그는 퍼스에서 호주 선주민을 한 사람도 보지 못했다. 그가 그렇게 말하자, 그녀는 그 문제에 별다른 토를 달지 않았다.

그녀는 위스키 잔을 두 개 들고 돌아왔다. 얼음도 물도 없이 잔의 가장자리까지 찰랑거릴 정도로 술이 채워져 있었다. 그녀는 자기 잔을 금세 비웠다. 두 사람은 잠시 동안 나란히 앉아 있었다. 그들 귓전으로 아래쪽 도로에서 나는 버스 경적 소리가 들려올 때까지.

"천사 파티 소리예요!" 그녀가 웃었다. "오늘 밤에 우리는 낙원에서 쫓겨날 거예요! 천사들은 모두 북쪽 해변에서 열리는 파티에 초대 받았죠."

"나도 가도 되나?"

"물론이에요. 당신이 어제 경로를 따라가는 동안 본 사람들이 전부 파티에 올 거예요. 거기에다 감독, 조감독, 행사를 주관한 사람들, 엑스트라들, 전부 다. 천사들은 물론이고요."

그녀의 말은 맞았다. 다들 요란한 환호로 그녀를 맞이해주었다. 우연찮게 버스에 있던 천사는 그녀에게 입을 맞추었고 안아주기까지 했다. 진바지와 헐렁한 스웨터 차림의 남자들과 여자들. 그는 눈에 띄지 않으려고 무진 애를 썼지만 굳이 그럴 필요가 없었다. 아무도 그를 눈여겨보는 이가 없었다. 누군가 그의 손에다 맥주잔을 찔러주었다. 어느새 술잔치가 벌어진 것 같았다. 고함과 아우성이 오가는 가운데 비지스의 노래가 들려왔다. 버스 안에서 춤을 추려고 나서는 사람도 여럿 있었다. 소음은 이루 다 말로 할 수 없었다. 바닷가에 다다르자 다른 버스들도 세워져 있는 게 보였다. 갈 곳 잃은 천사들이 해변을 오르내리고 있었다. 홀로, 혹은 서로 팔짱을 끼고서. 아직도 수평선에는 장밋빛 저녁놀이 걸쳐져 있었다. 그러나 나중에 다시 바라보았을 때에는 높은 파도를 타고 달빛이 밀려와 부서지는 광경이었다. 달빛은 바닷물 밑으로 사라졌다가 불쑥 솟아오르기를 반복했다. 파티 천막에는 뷔페 음식이 정성껏 마련되었으나 그는 배고프지 않았다. 그녀를 유심히 지켜보았는데 간간이 그 모습을 놓치기도 했다. 그녀가 내키는 대로 격렬하게 몸을 흔드는 것을 바라보았다. 처음에는 주차 건물에서 온 천사와 어울려서, 다음에는 다른 천사, 빨간 머리카락의 남자와 춤추는 모습을. 이따금씩 누군가가 그에게 뭐라고 소리를 질러댔지만 대개는 알아듣지 못했다. 태즈메이니아 시인도 얼핏 보였다. 그는 머리를 짧게 자른 천사와 모래 위에서 취한 채 빙빙 돌며 춤을 추었다. 이 천사는 여전히 눈처럼 새하얀 날개를 달고 있었다.

채찍을 휘두르는 소리 같은 음악이 점점 더 시끄럽게 들려서 몸속 깊숙이까지 그 진동이 느껴질 정도였다. 그녀에게 가까이 다가가려고 애를 썼지만 그녀는 그를 피하고 있는 것만 같았다. 그녀의 주위를 계속해서 다른 천사들이 에워쌌다. 당장에 시스티나 성당 천장벽화에 들어가도 전혀 어색할 것 같지 않은, 평생 조깅과 서핑으로 단련된 근육질 몸매의 젊은 남성들.

"이봐요, 네덜란드 친구!" 덴마크 사람이 소리를 지르더니 한 아가씨를 그의 품으로 떼밀었다. 아가씨는 얼른 뿌리치고 그에게서 벗어났다. 술에 취해 흥분한 상태로 그를 노려보는가 싶더니 바닥에 침을 뱉었다. 덴마크 사람이 그를 끌고 가려던 순간, 불현듯 거기에 그녀가 있었다. 지금까지 줄곧 그를 주시하고 있기라도 했던 것처럼. 두 사람은 해변 쪽으로 걸었다. 그의 시선이 닿는 곳마다 사람들과 천사들이 모래 속에 누워 있었다. 그는 유리잔이 깨지는 소리와 웃음이 부서지는 소리를 들었다. 반짝이는 담뱃불도 보았다. 사람들은 웃고 마시고 입 맞추었다. 바닷물 속으로 벌거벗은 천사가 뛰어드는 것을 보았다. 날개를 그대로 매단 채. 조금 지나자 밀려드는 파도 소리 외에는 아무것도 보이지도 들리지도 않았다. 끊임없이 오르락내리락하는 파도 소리, 번들거리는 검은 달빛이 스민 파도가 부서지면서, 그리고 그 파도가 해변으로 몰려오면서 쿵 하고 살짝 부딪는 소리밖에는. 거기, 바닷물이 끝나고 육지가 시작되는 그 자리에서 그녀가 멈추어 서더니 갑자기 날개를 펼쳐 그를 감싸 안았다. 그는 그녀의 얼굴을 볼 수 없었다. 그러나 그녀가 그의 눈에 입을 맞추고 손으로 얼굴을 쓸어내리는 것을 느낄 수는 있었다. 포로처럼 그를 안은 그녀의 날개는 부드러우면서도 놀랄 만큼 단단하게 느껴졌다. 그녀가 무릎을 꿇더니 모래 위에 눕는 게 느껴졌다. 저 멀리 바닷가 텐트에서 음악 소리가 흘러나왔다. 지금껏 내내 그가 느껴왔던 갈망이, 그녀를 처음 본 순간, 얼굴을 가린 채 맨발로 날개를 달고 바닥에 웅크리고 누워 있던 그 모습을 본 순간부터 느껴왔던 갈망이 그의 온몸을 휩쓸고 지나갔다. 그런데 그가 옷을 벗기기 시작하자 그녀는 눈을 부릅뜨고 그에게서 시선을 돌렸다. 그래도 그녀의 손톱이 그의 목덜미를 살며시 스치는 게 느껴졌다. 바로 그 순간, 해변이 스포트라이트의 하얀 불빛에 노출되어 낱낱이 드러났다. 경찰 지프차가 양쪽 해변에서 요란하게 달려들었고 사이렌 소리가 울부짖듯 진동했다. 번개처럼 짧은 순간에 그는 사방으로 도망치는 천사들을 보았다. 비명과 고함 소리, 귀를 찢는 경찰의 호루라기 소리를 들었다. 그 속에서 그녀가 그에게 무슨 말을 하고 있다는 걸 알았지만 소음에 덮여 무슨 말인지 알아들을 수가 없었다. 잠시 후, 그가 미처 붙들기도 전에 그녀는 출발선에 선 단거리경주 선수처럼 무릎 위로 몸을 웅크리는가 싶더니 어느새 쏜살같이 달려 나갔다. 마치 새총처럼 불빛의 안팎을 내달리더니 이내 사라져버렸다. 그로서는 그 떠들썩한 소동에서 벗어나 걷는 수밖에 없었다. 아무것도 보이지 않고 아무것도 들리지 않을 때까지. 그러고는 그 자리에 그냥 그대로 먼동이 틀 때까지 머물렀다. 새벽이 오자 바닷가에 어지럽게 흩어진 빈 병, 티셔츠, 주사기, 콘돔, 날개 등이 보였다. 그는 지나가던 차를 얻어 타고서 시내로 들어왔다. 그리고 그녀에게서 무슨 연락이 올

까 기대하며 호텔에서 기다렸다. 공항으로 떠나는 시간이
될 때까지. 하지만 아무 연락도 없었다.

·15·

그녀의 두 손이 그의 등 뒤로 무언가를 묘사하듯 원을 그
리며 움직였다. 그러고는 예의 그 낯익은 몸짓을 해보였다.
일어나야 한다는 신호였다. 그는 일어나기 싫었다. 다시는,
영원히 일어나고 싶지 않았다. 어쨌거나 그는 일어났다. 인
생이란 어리석은 발명이라는 생각이 들었다. 그녀가 특유
의 개구쟁이 같은 미소를 지으며 기대에 찬 시선으로 그를
바라보았다.

"당신은 왜 그렇게 서둘러 해변을 떠나야 했지?" 그가
물었다.

"취업허가증이 없었거든요. 추방당하고 싶지 않았으니까."

"난 세상이 전부 당신 집이라고 생각했는데."

그녀가 어깨를 으쓱해 보이더니 오른손을 그의 왼쪽 어깨 위에 올려놓았다. "그때 제가 당신에게 한 말 기억해요?"

"아니," 그가 대답했다. "너무 시끄러워서 당신 목소리를 들을 수가 없었어. 뭐라고 했는데?"

"천사는 사람과 함께할 수 없다고."

한동안 그는 그 자리에 붙박인 듯 꼼짝도 할 수 없었다. 잠시 후에는 살며시, 그러면서도 단호하게 문 쪽으로 그를 미는 그녀의 손길이 느껴졌다. 밖으로 나오다가 크뢰거 박사가 의자에 앉아서 자기 차례를 기다리고 있는 것을 보았다. 이 사내의 활기찬 인사 너머로 그녀의 목소리가 들려왔다. "다음에 봐요, 네?"

그러나 대답을 하기에는 이미 너무 늦어버렸다.

에필로그

"EPILOGUE, 그리스어 *epilogos*, **결론**에서 온 말.
*epi*와 *lego*, 말하다.
연극이 마무리된 뒤에 배우 한 사람이 관객에게 전하는 짧은 시나 말."
－《뉴 웹스터 영어 백과사전》(1952)에서－

또 다른 정거장. 베를린의 리히텐베르크. 나는 운율이 맞는 게 좋다. 비록 운율을 넣은 시를 직접 쓰지는 않아도. 베를린은 폴란드와 러시아로 가는 여행의 출발 지점이다. 나는 여기서 약속이 있다. 아직 그게 뭔지는 잘 모른다. 열차 시각표에는 이렇게 적혀 있다. '바르샤바 센트랄나 20:55, 민스크 08:49, 스몰렌스크 14:44, 모스크바의 벨로루스카야 20:18.' 다양한 여정, 다양한 기차. 나는 상실의 빈자리를 채우고자 여행을 떠난다. 책을 써본 적이 있는 사람이면 누구나 이런 기분을 이해할 것이다. 작별 같은 것, 그러므로 여행은 늘 애도의 형식을 띤다. 한두 해 동안 자신의 등장인물들과 더불어 살아왔고, 그들에게 어울리는 이름, 혹은 어울리지 않은 이름도 지어주었다. 인물들을 웃게도, 울게도 만들었다. 그들 역시 작가를 웃게도, 울게도 만들었다. 그러고 나면 그들 나름의 길로 떠나보낸다. 드넓은 세상 속으로. 작가는 그들이 잘 지내기를 바란다. 오래, 오래도록 살아갈 만큼 충분한 호흡을 갖추게 되기를 바란다. 작가는 인물들이 제 마음대로 하게 내버려두고 떠나지만, 오히려 인물들이 작가를 그렇게 내버려두고 떠난 것만 같은 기분이 든다. 그리하여 작가는 여기에, 인적 없는 기차역, 옛날 동베를린이었던 자리에 홀로 와 있다. 상황이 이보다 더 많이 슬퍼지지는 않으리라.

"자기 연민에 빠져서 허우적대는 건 도움이 안 돼요." 알무트라면 이렇게 말하리라. 그것이야말로 정확하게 내 의도이다. 등장인물들은 계속 작가에게 말을 걸어온다. 그들은 두 해 동안 서로 이야기를 나누어왔고, 작가는 인물들이 하는 얘기를 열심히 들어왔다. 문제는 이 모든 게 어디서 비롯되는가 하는 점이다. 만일 첫 번째 말이 내게서 나왔다면 두 번째 말도 그렇다는 뜻일까? 간밤에 나는 한 문장을 급히 적어두었는데 오늘 아침에 보니 무슨 뜻인지 알 수가 없었다. 내 필체는 언제나 그 전날 밤에 얼마나 많이 마셨는지 그 주량을 가늠하는 척도가 된다.

상당히 많았다, 이번에는. 나는 절대로 그냥 안녕! 인사만 하고 그들을 보낼 수가 없다. 내가 휘갈겨 쓴 내용은 이렇다. "어떤 목소리는 분명히 문어적 목소리이다," 아니, "겁에 질린 목소리"였던가? 나는 내가 적은 필체도 알아볼 수가 없다. 하지만 '문어적'이 더 나으니까 그 정도로 해두자. 확성기에서 방송이 나오지만, 내가 타고 갈 열차의 도착 방송은 아직 나오지 않은 상태이다. 내가 왜 모스크바를 골랐는지 그 이유를 모르겠다. 전에 한 번도 가본 적이 없는 데라는 게 이유라면 이유일 것이다. 어디로 갈지 행선지는 나도 모를 테니까 차라리 길을 잃는 편이 더 쉬우리라. 그러는 사이에, 내 곁에 앉은 청년은 귀를 후려치는 채찍 소리를 찰싹찰싹 내고 있다. 쉴 새 없이 되풀이되는 기계 채찍이다. 청년의 고개가 박자에 맞춰 아래위로 마구 흔들린다. 그는 이제 막 책 쓰는 일을 끝낸 사람은 아닌 게 분명하다.

작업을 마칠 때쯤이면 나는 늘, 설명하기 힘든 이유로 내가 천리안을 가진 존재라는 느낌을 받는다. 이 말은 글자 그대로의 뜻은 아니다. 즉, 미래를 예측할 수 있다는 뜻이 아니라 여느 때에는 간과해왔던 일들이 정말로 명료하게 보인다는 의미다. 가령 쓰레기통의 표면을 인조 화강암으로 붙인 모양이나 지하철에서 중앙역으로 가는 정류장 밑으로 노란색 타일을 깔아놓은 지하통로, 끝도 없이 이어질 듯 보이는 통로, 내 곁에서 채찍 소리를 내는 얼간이의 얼굴. 그 어느 것도 내 집요한 시선을 벗어나지 못한다. 그러나 이제 아무 소용이 없다. 너무 늦게 찾아온 것이다. 다른 이들은 이미 떠나서 브라질이나 오스트레일리아로 가는 중이다. 어쨌거나 나는 더이상 그들을 통제하지 못하게 되었다. 통로의 맞은편 끝에 황록색 셔츠를 입고 흰 모자를 쓴 경비원 둘이 보인다. 그 모습을 따라 과거가 담배 연기처럼 홱 날아오고 가벼운 전율이 인다. 황야의 외침 소리, 그 3음조의 벨 소리가 들린다. 그런데도 사람은 그리 많아 보이지 않는다. 열차가 역에 도착했다. 키릴 문자, 커튼, 탁상등, 모든 게 마땅히 있어야 할 자리에 놓여 있다. 바덴바덴과 비아리츠로 가는 도스토옙스키와 나보코프의 기차들. 나는 오래 기다릴 필요가 없다. 그녀가 그 비행기에 탔을 때 입었던 것과 똑같은 옷차림에 똑같은 책을 들고 있다. 내 생각으로는 내가 쓴 책, 아직도 내가 떨쳐버리지 못한 그 책이다. 뒷부분은 사실이고 첫 부분은 아니다. 이번에는 그 책 제목을 금방 알아보았다. 그녀가 특별히 나를 위해 여기에 와준 것만 같다. 아마도 그럴 것이다. 책 제목은 똑같은 두 단어지만 순서가 다르다(밀턴의 《실낙원》은 'Paradise Lost'이고, 이 책의 제목은 'Lost Paradise'). 물론 어느 쪽이든 낙원은 이미 잃어버린 것이다. 물론 우리는 같은 칸막이 객실에 앉게 된다. 그런 생각을 해낸 사람이니까 자신이 무얼 하는지도 안다. 적어도 그래야만 우리가 얘기를 나눌 수 있을 테니까. 다른 역보다 여기서 듣는 차장의 호루라기 소리가 더 드라마틱하게 들린다. 우리 둘 다 창밖을 물끄러미 내다본다. 당혹스럽기 때문이리라.

그녀가 나를 알아보았는지 모르겠다. 프리드리히샤펜(독일 남서부의 항구도시)에서 베를린으로 날아가는 동안 그녀는 나를 한 번도 쳐다보지 않았다. 그리고 내가 아는 한, 베를린의 템펠호프 공항에 내린 후에도 나의 존재를 눈치채지 못했다. 물론 뭐든지 장담할 게 못 되지만. 어쨌거나 그녀를 공항에 마중 나온 그 남자는 지금 어디에도 보이지 않는다.

뚱뚱한 러시아인 커플이 승강장을 따라 뒤뚱거리며 걸어간다. 둘이서는 나를 수도 없을 만큼 많은 여행 가방을 이고 지고서. 기차가 역에서 미끄러지듯 빠져나갈 때 나는 비가 내리는 것을 본다. 잿빛 장막에 덮인 잿빛 도시. 내 마음의 눈으로 과거에는 있었으나 지금은 보이지 않는 장벽 자리를 본다. 작가는 또 한 권의 책을 끝냈다고 생각하지만, 사정은 그렇게 단순한 게 정녕 아니다.

"그런데 당신은 그 책을 어떻게 생각하나요?" 내가 묻는다. 지금까지 나는 낯선 사람과 대화를 트는 데 자연스러웠던 적이 한 번도 없다. 그러나 지금은 훨씬 더 과감해진 것 같다. 저 다리, 비행기 안에서는 너무나 멀리 떨어져 있던 그 다리가 지금은 가까이 보여 가슴이 떨려온다. 허벅지 위로 팽팽하게 당겨진 카키색 바지가 탄탄한 근육질 몸매를 드러낸다. 그녀가 내 시선을 눈치 챘는지 모르겠다. 그녀는 허벅지 사이를 살짝 벌린다. 그것이 나를 숨 막히게 한다. 앞서 설명했듯이 작업이 끝나고 난 뒤 몇 주 동안 나의 의식은 한껏 고양된다. 흥분과 갈망이 뒤섞인 느낌인데, 그런 기분을 어떻게 감당해야 하는지 아직도 해결하지 못하고 있다. 아마 여성들이 이런 상황에는 더 노련하리라. 어쨌거나 그녀는 창밖을 물끄러미 바라본다. 나를 지나쳐서 선로 옆으로 노르스름하게 그루터기만 남은 밀밭, 땅 위에 누운 통나무들 사이로 녹슨 빛깔의 바위들, 서서히 비의 베일에 감싸이는 도시, 수평선 위로 보이는 희미한 배를 본다.

그녀는 펼쳐진 책을 옆자리에 놓았다. 내 눈에 복제판 구식 활자가 들어온다. 내 책의 제목인데, 순서가 뒤바뀌었다.

"모르겠어요." 그녀가 말한다. "퍽 우울한 책이에요. 전체 내용이 오해에서 비롯되는 것 같아요. 사정이 그런 거라면 지나치게 가혹한 처벌이에요. '오해'란 말, 너무 달콤하지 않아요? 처음에 오해로 시작된 것이 무한대로 변할 만큼 끊임없이 되풀이되는 거예요. 원한다면 아주 조금쯤 고집스러운 불복종을 덧붙일 수도 있겠지만 그런 건 대개 불필요하죠. 한 여자가 뱀이 한 말을 딱 한 번 들은 건데 영원히 쫓겨나고 말아요. 그런데 배가 미지의 해변에 내리고, 그 해변에는 보디페인팅을 한 사람들이 떨기나무 숲 속에 숨어 있어요, 혹은 어느 초저녁에 한 여자가 엉뚱한 동네로 차를 몰고 가요. 그런데 그 후로 영원히 모든 것이 달라져 버려요. 있잖아요, 책 제목이 제일 멋진 부분 같아요. 그런 의미에서 이야기는 완전히 끝난 게 아니죠. 당신은 왜 작가들이 그렇게 한다고 생각하죠? 의도적으로 그러는 걸까요? 그렇게 해두면 다음번에 쓸 거리를 확보해둘 수 있으니까? 사실은, 핵심으로 들어갈 때 오해에 대해 다루지 않은 책은 **없다고** 나는 생각해요. 햄릿, 보바리 부인, 질베르트가 사랑한다는 것을 깨닫지 못한 마르셀(프루스트의《잃어버린 시간을 찾아서》의 주인공), 이아고를 믿었던 오셀로…. 가만히 생각해보면….

바로 그때 차장이 기차표를 점검하려고 칸막이 안으로 불쑥 들어왔다. 표 점검을 하는 데는 시간이 한없이 걸렸다. 다양한 종이 조각들이 스테이플러에 함께 찍혀 있었기 때문이다.

"가만히 생각해보니?" 차장이 나간 뒤 내가 그녀의 말을 되물었다.

그녀가 웃더니 이렇게 말했다. "정말 내가 해야만 하는 말을 듣고 싶은 거예요?"

"그렇소." 내가 대답했다.

"왜요? 당신은 정말 그게 그토록 중요하다고 생각하나요?"

나는 그녀의 눈동자가 초록색이란 걸 알게 되었다. 그녀가 처음으로 나를 바라보고 있다는 것도.

　나는 잠시 입을 다물었다. 적절한 어조로 감동을 줄 필요가 있으니까. 나는 마지막으로 포어아를베르크(오스트리아와 스위스 접경지역에 있는 오스트리아 도시)의 눈 덮인 알프스 정상을 바라보았다. 우비르와 시크니스 드리밍 플레이스의 암각화를, 도장이 새겨진 반지를 낀 노인, 바로 그 순간에 다윈에서 영면에 들기 위해 관 속에 눕혀지는 노인을, 자르뎅의 호화로운 정원 위로 텅 빈 침실을, 그 정원에서 높은 음으로 노래하는 휘파람새를, 그리고 마지막으로, 유일하게 남은 단 한 사람을 바라보았다. 그러고는 입을 열었다. "마지막 문장이 가장 중요하니까."

　"그런데 당신은 내가 그렇게 말하는 게 좋았나요?"

　나는 대답하지 않고 잠자코 기다렸다.

　"솔직히 말하면," 그녀가 말했다. "그건 너무 쉬워요. 당신이 직접 쓸 수도 있었을 거예요. 낙원의 창조자에 대해 생각해본 적 있어요? 그 어떤 오해도 없는 세상을 만들어낸 존재를? 그런 데라면 정말 무지하게 따분했을 거예요. 누가 그런 걸 고안해냈는지 모르지만 일종의 처벌을 뜻하는 게 분명해요. 아주 수준 낮은 작가만이 그런 유를 생각해냈을 거예요. 그게 마지막 문장이 될 만큼 괜찮은 거예요?"

"내가 지금 해야 할 일은 장소와 날짜를 덧붙이는 것뿐이오." 내가 말했다.

"그리고 에필로그도." 그녀가 말했다. "당신은 보통 그걸 넣잖아요, 그렇죠? 여기, 내가 벌써 하나 찾아놓았어요." 그녀가 종이 조각을 끼워놓은 책의 뒤쪽 페이지를 펼쳐서 내게 건네주었다. 그녀가 내가 읽기를 바란 행은 연필로 밑줄이 그어져 있었다.

2003년 2월, 암스테르담 – 2004년 8월 26일, 산 루이스의 에스 콘셀.

그들은 뒤돌아보았네.

낙원이 바라다보이는 동쪽마다,

지금까지 행복했던 그들의 보금자리를,

저 불칼에 휘둘렸고,

문에는 무시무시한 얼굴과 사나운 병기들이 가득했네.

눈물방울이 저절로 떨어졌으나 급히 훔쳐 닦았네.

온 세상이 그들 앞에 다 놓여 있었네.

거기서 그들이 쉴 곳을 골라야 했네,

그리고 하나님의 섭리가 그들의 인도자였네.

손을 맞잡고 헤매 다닌 그들의 느린 발자국은,

에덴동산을 지나 그들만의 쓸쓸한 길을 걸었네.

– 밀턴, 《실낙원》, 제12편

잃어버린 낙원

첫판 1쇄 펴낸날 2012년 9월 27일
개정판 1쇄 펴낸날 2020년 9월 28일

지은이 | 세스 노터봄
옮긴이 | 유정화
펴낸이 | 박남주

종이 | 화인페이퍼
인쇄·제본 | 한영문화사

펴낸곳 | (주)뮤진트리
출판등록 | 2007년 11월 28일 제2015-000059호
주소 | 서울시 마포구 토정로 135 (상수동) M빌딩
전화 | (02)2676-7117 팩스 | (02)2676-5261
전자우편 | geist6@hanmail.net
홈페이지 | www.mujintree.com

ⓒ 뮤진트리, 2020

ISBN 979-11-6111-057-8 03890

* 책값은 뒤표지에 있습니다.